徳間文庫

大　義

横浜みなとみらい署暴対係

今野　敏

徳間書店

目次

タマ取り

1

「どこのどいつが、そんな大それたことを考えているって……？」

城島勇一《じょうじまゆういち》が言った。

彼はお気に入りのソファに座っている。係長席の脇に置いてあるソファだ。

諸橋夏男《もろはしなつお》は、来客のためにそれを置いたつもりだったが、いつの間にか城島が占領してしまった。城島は自分の席にいるより、そこにいる時間が圧倒的に長い。

浜崎吾郎《はまざきごろう》がこたえた。

「いや……、確かな話じゃないらしいんですが……」

城島は警部補だ。所轄の係長でもおかしくはない。事実彼は、みなとみらい署刑事組対課暴力犯対策係の係長になるはずだった。

そこに腐れ縁の諸橋がやってきて係長に収まった。

諸橋は警部なので、本来ならば課長になるべきだ。県警本部では、何かと諸橋の評判はよくないようだ。暴力団相手に少々やり過ぎる嫌いがある。そのせいだろうと、自分では思っていた。

この人事が決まった当初、城島が自分のことを怨《うら》んでいるのではないかと、諸橋は危惧《きぐ》していた。

だが、城島はむしろ感謝していると言った。自分は係長などという柄ではない。責任を負わされることなく、係長と同等の「係長補佐」という肩書きをもらっている。これは自分にとってありがたいことだ。

彼はそう言うのだ。

それが本音かどうかはわからない。城島の言葉を額面どおり受け取るほど、諸橋はおめでたくはない。

それでも、城島の言葉で気が楽になったのは確かだ。そして、彼のラテン的ともいうべき楽観主義にはおおいに助けられている。

浜崎は、ベテランの巡査部長で、一番頼りになる。見かけはマルB、つまり暴力団員と変わらない。だが、残念なことに彼の左手首のロレックスは香港で買った偽物だということだ。

城島がさらに浜崎に尋ねた。

「何という名だ。そのふざけた野郎は」

「本牧《ほんもく》のタツと呼ばれています」

「また、ベタな二つ名だな」

「けっこうな歳《とし》ですから」

「いくつだ？」

「七十歳くらいだということですが……」

「なんだ、曖昧《あいまい》だな。どこかに記録はないのか？」

「今探している最中です」

「そいつが、常盤町《ときわちょう》のとっつぁんのタマを狙《ねら》っているっていうのか？」

「倉持《くらもち》がそういう噂《うわさ》を聞いたと言ってるんです」

倉持忠《ただし》は、浜崎と同じく巡査部長だ。三十代の半ばだが、見かけはもっと若く見える。浜崎と対照的で、こちらはまったくマル暴刑事には見えない。見るからに頼りないタイプなのだ。

「その倉持はどこだ？」

「八雲《やくも》といっしょにその件を当たっています」

八雲立夫《たつお》は、いつも倉持と組んでいる巡査長だ。倉持の一つ下だが、いつも冷めているので、よくどちらが巡査部長かわからないと言われる。

冷めすぎていて出世にまったく興味がなく、いまだに巡査長だ。

八雲の両親はたいしたものだと、諸橋は思う。彼の名前だ。「八雲立つ」から来ているのはすぐわかるが、よくつけたものだ。

「放っておけばいいんだ」

諸橋は言った。「ヤクザがヤクザに狙われているというだけのことだ」

「たまげたな」

城島が言った。「俺たちは何なんだ？　マル暴だぞ。抗争事件を放っておけってのか？」

「抗争事件だなんて大げさだ」

「常盤町のとっつぁんだって、ちゃんと組を構えているんだ。その親分のタマが狙われているというんだから、れっきとした抗争事件だろう」

城島が「常盤町のとっつぁん」と呼んでいるのは、神風会《しんぷうかい》という組の組長、神野義治《じんのよしじ》だ。

組といっても親分一人子分一人の吹けば飛ぶような所帯で、指定団体ではない。

だから自分たちは暴力団ではないと、神野は言う。

諸橋から言わせれば、ヤクザなどみんな一皮剝《む》けば同じだ。拠《よ》って立つところは暴力しかないのだ。

暴力団について、いろいろな意見がある。

それは差別構造が生み出した存在なので、取り締まるよりもまず、差別をなくすことが重要だと言う人がいる。

普通の人がやりたがらない汚れ仕事を引き受けてくれるのだから必要悪と考えるべきだと言う人もいる。

また、暴力団員といえども人権があるのだから、それを尊重しなければならないという人もいる。

いずれもごもっともだ。

だが、そう主張する人たちはいずれも暴力団の被害にあったことがないのだ。彼らの嫌がらせにあった後でも、そう主張できるかどうか試してみるといい。

連中は、人の命よりも金が大切だと考えている。金のためなら親も殺す連中だと、諸橋は思っている。

その本質を隠すために、仁義だの俠気だのというきれい事を言っているに過ぎない。

諸橋の立場は単純だ。

自分は暴対係なので、暴力団を取り締まる。それだけだ。

「抗争事件と呼べるほどの組織だった動きになるのか？」

「一般市民が巻き添えになる恐れはあるだろう」

「そういうことがないように、神野に釘を刺しておけばいいんだ」

「とっつぁんは狙われてるほうだよ」

「どっちが狙われていようと構わない。どうせヤクザ同士の揉《も》め事だ。一人でもヤクザが減れば、世の中のためだ」

「そんなことを言いながら、実はとっつぁんのことを心配しているんだろう？」

「そんなことはない」

城島がにやにやと笑っているのが、見なくてもわかった。

その顔を見るのが悔しくて、諸橋は手もとの書類を見つめていた。

「じゃあ、俺一人で行ってこようかな」

「どこに行く気だ？」

「とっつぁんのところに行って、話を聞いて来ようと思ってね」

「放っておけと言ってるだろう」

「だから、おまえは来なくていいよ。俺はどうせ暇だからな」

諸橋は城島のほうを見た。

「暇なら書類仕事を手伝ったらどうだ？」

「それは係長の仕事」

「おまえは係長補佐だ。俺の仕事を補佐する立場だろう」

「だから、おまえの代わりに、常盤町に行ってくるよ」

諸橋は係長印を置いた。

「俺も行く」

「あれ、興味ないんじゃないの？」

「おまえが好き勝手やるのを許しておけないだけだ。俺がちゃんと手綱《たづな》を引いていないとな……」

「素直じゃないな。とっつぁんが心配だって言えばいいんだ」

「だから、心配なんてしてていないんだ」

諸橋は立ち上がった。

「余計なことを言っていないで、出かけよう」

そして、城島と同様ににやにやと笑っている浜崎に言った。

「あとは頼んだぞ」

常盤町界隈《かいわい》は、今ではすっかり雑居ビルやマンションばかりになっているが、神野の家は、そんな中にあって珍しい日本家屋の一軒家だった。

板塀が巡らされており、庭の松がその上からのぞいている。門の引き戸から続く飛び石と、玄関先に打ち水がしてある。

門の外にも打ち水の跡があった。今ではアスファルトの道だが、おそらく舗装《ほそう》される前から続く習慣だろう。

その伝統を守っているのは、たった一人の組員であり代貸《だいがし》の岩倉真吾《いわくらしんご》だ。

その岩倉が応対に出てきて言った。

「申し訳ありませんが、神野は出かけております」

「出かけている？」

城島が尋ねる。「どこに？」

「ちょっと、町内の寄合がありまして……」

諸橋が言った。「地域の団体の集まりにヤクザが顔を出しちゃまずいだろう」

「おい」

岩倉がこたえた。

「神野もそのように申して、お断りしていたのですが、町内会の方々が、どうしてもとおっしゃって……」

城島がさらに質問した。

「寄合って、なんかの話し合い？」

「ええ。夏祭りについて……」

「祭りがどうかした？」

「暴対法や、排除条例の影響で、一時期祭りからテキヤを追い出す動きが全国的にありました」

「ああ、そうだったね」

「ここの町内会もそうだったんですが、最近やはりテキヤがいないと祭りの雰囲気が出ないという声が聞かれるようになりまして……」

「そうだろうね。長年の伝統ってやつは、急には変えられない」

「しかし、一度追い出しておいて、また頼むとはなかなか言えません。それで、神野が仕切ることに……」

「そういう話は、とっつぁんじゃなきゃできないよなあ」

神風会は、代々こうして地元と持ちつ持たれつの関係を保ってきた。

それが日本の文化だと言われればそれまでだ。事実、ヤクザはいろいろな世界を仕切ってきた。

港湾労働者、炭坑労働者、季節労働者……。そういう世界は力ずくで管理する必要があった。きれい事では済まないのだ。

また、長い間全国の興行を仕切ってきたのはヤクザで、彼らがいなければ日本の歌謡界も映画界も成り立たなかったと言われている。

同様にテキヤがいなければ祭りも成立しなかった。

岩倉が言ったように、祭りからテキヤを追い出して素人が出店をやったりした地方自治体もあったようだ。だが、どうにも盛り上がりに欠けたという話を、諸橋も聞いたことがある。

「せっかく追い出したんだ」

諸橋は言った。「呼び戻すことはない」

岩倉が眼を伏せたままじっとしている。どうこたえていいのかわからないのだろう。

諸橋は、別に彼のこたえを期待しているわけではなかった。

城島が言った。

「そういう言い方をしちゃ、元も子もないだろう」

「排除条例に従うのは正しいことだ」

「まあ、おまえの立場だとそう言わざるを得ないよな」

立場の問題じゃない。

諸橋だって、子供の頃、テキヤの出店で遊んだ楽しい記憶はある。だが、大元の組織が指定団体となった場合は、地域から締め出すのが筋というものだ。

諸橋は言った。

「そんな話をしに来たわけじゃないだろう」

城島は岩倉に言った。

「そうだった。とっつぁんが出かけたというのに、あんたがここにいていいの？」

「どういうことでしょう」

「お供しなくていいのかってこと」

「神野はいつも、一人で出かけますが……」

子分をぞろぞろ引き連れて歩く暴力団員とは違うということだ。もっとも神野の場合、大勢連れて歩きたくても、子分は岩倉一人だけなのだ。

「いつもはそうでも、今は事情が違うだろう」

城島の言葉に、岩倉は怪訝《けげん》そうな顔をした。

「どういうことでしょう……」

「とっつぁんが狙われているという話を聞いた」

「神野が狙われている？　いったい誰に？」

「おいおい、俺たち相手にシラを切ることはないんだ」

「シラを切るも何も……。自分も初耳です。誰が神野を狙っていると……」

城島は諸橋のほうを見た。

岩倉の反応を見て慎重になったのだ。こちらから手の内を明かせば、藪蛇《やぶへび》になる恐れもある。

あくまでも容疑者や関係者の名前は、尋問の相手から出させなくてはならない。それは取り調べや事情聴取の基本だ。

「俺たちが知っていて、あんたが知らないということはないだろう」

「自分は本当に知りません」

「だが、神野は知っているかもしれない。町内会の寄合と言いつつ、別のところに出かけたのかもしれない」

「別のところ……？」

「自分が狙われていることを知って、その対策を練っているのかもしれない」

「いえ……」

岩倉は戸惑《とまど》ったように言う。「万が一、そのようなことがあったとしたら、神野は真っ先に自分に言うはずです」

「そうとは限らないだろう」

城島が言った。「あんたや家族には内緒で片づけたい問題もあるかもしれない」

岩倉は一瞬考え込んだ。

彼はすぐに顔を上げて言った。

「いえ、そのようなことがあるとは思えません」

「自信があるんだな。まあいい。とっつぁんが戻ったら訊《き》いてみるといい」

「そうします」

城島はまた、諸橋を見た。

何か言うことはあるかと、無言で尋ねているのだ。諸橋はかぶりを振った。

城島が岩倉に言った。

「邪魔したな。とっつぁんによろしくな」

神野の家を出ると、城島が言った。

「岩倉の態度、どう思う?」

「さあな。本当に知らなかったんじゃないのか?」

「そんなことがあると思うかい」

「おい、俺たちはそんなに暇なのか？　管内には指定団体の事務所やフロント企業がいくつもある。そいつらに眼を光らせていなけりゃならないんだ」

「暗殺予告は無視できない。それでなくても、最近の警察は怠慢《たいまん》だと世間から思われているんだ」

「ストーカーや、マルセイがらみの殺人を防げないからだろう。だが、警察にだって限界はある」

「いい加減自分に正直になったらどうだ？　本当はとっつぁんのことが気になって仕方がないんだろう」

諸橋はしばらく無言で歩き続けた。

城島も何も言わなかった。

やがて、諸橋は言った。

「気になって仕方がないってのは言い過ぎだよ」

また城島が笑みを浮かべるのがわかった。諸橋はなんだか、敗北感を味わっていた。

2

署に戻ると、倉持と八雲も戻っていた。

城島がまたいつものソファに座り、倉持に尋ねた。

「本牧のタツとかいうやつのこと、何かわかった？」

倉持は慌てた様子で立ち上がった。

別に立つ必要はない。

諸橋も城島も、いつもそう言うのだが、倉持は反射的に立ち上がってしまうようだ。

「あ、いや、それがですね……」

城島が言う。

「いいから、座りなよ」

「あ、はい……」

倉持は腰を下ろして、改めて言う。「それが、どうにもよくわからないんです」

「わからないって、どういうことだ？」

「本名が、広沢辰雄《ひろさわたつお》だということはわかりました。年齢はおそらく七十歳前後だろうということです」

「なんだかはっきりしないね。警察に記録がないわけ？」

「犯罪歴を洗ったんですが、広沢辰雄という名前では出てきませんでした」

「別の名前があるということ？」

「暴力団の世界ではよくあることですよね。もともと日本人ではない人物が、後に日本名を名乗ることもありますから……」

「それだって、調べりゃわかるはずだ」

「もちろん、その方面も当たっています。でも……」

諸橋はさすがに妙だと思い、言った。

「ちゃんとした証言はないのか？　本牧のタツなんて呼ばれるくらいだから、本牧あたりで名を売ったんだろう。山手署に訊いてみれば、何かわかるんじゃないのか？」

「ええ、問い合わせてみました。ずいぶん昔の人ですから、現職で知っている人はもういません」

「それでも、噂とか知っている人はいないのか？」

「ＯＢなんかに当たってくれるということです」

諸橋はふうんと息を吐いた。

二つ名を持っているということは、けっこう名の知れたヤクザだったのだろう。それが、今では知る人もいなくなったということだろうか。

城島が言った。

「七十歳くらいというと、ちょうどとっつぁんと同じくらいだね」

たしか、神野は七十一歳だったはずだ。

「そうだな」

「引退したのかな……」

「引退……？」

「だってそうだろう。同じくらいの歳の神野はけっこうな顔を持っている。自分の所帯は小さいが、神奈川県内で……、いや、全国で神野を慕《した》っているヤクザは多い。それが今ではあちらこちらで親分をやっている。その情報網が神野の財産であり強みだ。一方、本牧のタツのことは誰も知らない。早くに引退したから、世間から忘れ去られたんじゃないのか？」

「だが、今、神野のタマを狙っているというのだろう。だとしたら、まだ現役なわけだ」

「どうかな。引退していたんだけど、何かのきっかけで、神野を消そうと考えたということもあり得る」

「だとしたら、昔の因縁《いんねん》だろう」

「そうとしか考えられない」

「それが、どうして今になって……」

諸橋の言葉に、城島は天井を見上げた。彼が何かを考えるときのポーズだ。その恰《かっ》好《こう》のまま、城島は言った。

「倉持、おまえが噂を聞いたんだったよな」

「はい……」

また倉持が立ち上がるんじゃないかと思って、諸橋は彼のほうを見た。

さすがに立ち上がりはしなかった。だが、背筋を伸ばして城島のほうを向いている。

「その話を聞いた経緯を教えてくれない？」

「ええと……。最初は、情報源の一人から耳打ちされたんです」

捜査員はそれぞれ、独自の情報源を持っている。

マル暴刑事にとって、そうした情報源は何よりも大切だ。そして、情報源については同僚にも教えない。

何より彼らの身の安全を守るためだ。

情報源の多くは、暴力団の近くにいる。組員であることも珍しくはない。刑事に情報を流しているとわかると、命に関わるのだ。

だから、城島もその情報源が誰なのか尋ねなかった。

「どういう話だったんだ？」

「そいつは、こう言いました。諸橋さんや城島さんは、常盤町の神野親分と仲がいいんでしょう？　神野親分は、最近なんか、物騒なことになっているらしいよ……」

諸橋は言った。

「俺と神野は仲がいいだって？」

倉持は、はっとしたようにさらに姿勢を正した。

「あ、そいつが言ったことで、自分がそう思っているわけではありません」

「いいよ」

城島が言う。「気にすることはない。こいつは、言ってるだけだから」

諸橋は倉持に尋ねた。

「物騒なことになっている。相手はただそう言っただけなのか？」

「そうです。自分も何のことかわからず、八雲に調べてもらいました」

諸橋と城島は同時に八雲のほうを見た。

八雲は、面倒臭そうな態度で言った。

「ネットで情報を収集してみましたよ。そうしたら、『本牧のタツが神野のタマを狙う』という書き込みが見つかったんです」

城島が尋ねる。

「どこにそんな書き込みが……」

「掲示板ですよ。何のスレッドだったかよく覚えてませんが……」

本当に面倒なわけではないだろう。だが、八雲が何かをしゃべると必ずそんな印象を受ける。

諸橋ですら、時に腹が立つことがあるのだから、彼をよく知らない連中ならなおさらだろう。

おそらく彼はこれまで、それでずいぶんと損をしてきたのではないだろうか。特に、警察という組織内では好かれることはないだろう。

彼が三十代の半ばでまだ巡査長なのは、それも影響しているのかもしれないと諸橋は思った。

城島が言う。

「重要な情報だよ。どこの掲示板かしっかり把握しておかなけりゃ……」

「どこの誰が書き込んだかを追跡するのはたいへんですよ。プロバイダだって、令状がなければ調べようとしませんし……。そんなことより、内容のほうが重要でしょう」

城島は肩をすくめた。

「まあ、強行犯なんかの捜査とは違うからね。情報の内容が何より重要ってのは、そのとおりだけどね」

「でも、ネットでその話を見かけたのは、それ一度きりなんですよね。本当に深刻な事態なら、もっといろいろなところに情報が飛んでいてもおかしくないんですけど……」

諸橋は尋ねた。

「おまえは、マルB関係の掲示板やウェブサイトをこまめにチェックしているんだよな」

「ええ、もちろんです」

「その書き込みを見かけたのは一度だけだと言ったが、他にあるのを見逃したんじゃないのか？」

「それはないですね。検索エンジンも駆使して、徹底的に調べてみましたから……」

浜崎が尋ねる。

「その書き込みって、まだあるんだろう？　探してみればいいじゃないか」

「すぐに消えちゃったんですよ。書いた本人がすぐに削除したんでしょうね。それで、どこのスレッドだかわからなくなったんです。書き込みが残っていればもちろん、今すぐにでも特定できますよ」

「なるほど……」

そう言ったが、浜崎はよくわかっていない様子だった。諸橋にもよくわからない。だが、もうその書き込みを見つけることも、誰がどこに書き込んだかをつきとめることもできないということだ。

八雲が諸橋に尋ねた。

「令状を取れば、プロバイダはログを調べてくれますよ。やりますか？」

諸橋はかぶりを振った。

「いや、そこまでやることはないだろう。おまえが言うとおり、誰がそれを書き込んだかよりも、書かれた内容のほうが重要だ。本牧のタツのことを、徹底的に洗え」

城島が言った。

「なんだい。放っとけと言ってたくせに、やっぱり気になるんだろう」

「ああ。誰も知らないという本牧のタツのことが気になってきた。そいつの目的が知りたくなった」

城島が言うとおり、自分に正直になるべきだと、諸橋は思った。神野がどうこうではなく、自分の管轄内で、誰かが誰かを殺そうとしているということが許せなかった。横浜で好きにはさせない。

係員たちは、全力で本牧のタツのことを追った。

意外なことに、本牧のタツのことを知っているという人物を見つけてきたのは、係で一番若い日下部《くさか べ》亮《りょう》だった。彼はまだ二十代の巡査だ。

「それは何者だ?」

城島が尋ねると、日下部はやや興奮した面持ちでこたえた。

「かつて本牧あたりを縄張りにしていた組の組長だった人物です」

「今は何をやってるんだ?」

「介護付き老人ホームに入っています。もう九十歳近いんで……。少々認知症が入っているんですが……」

「話は聞けるのか?」

「なんとか……」

城島が諸橋に言った。

「行ってみよう」

目的の人物はすぐにわかった。

大文字《だいもんじ》宗三郎《そうざぶろう》というたいそうな名前だった。どうやら本名のようだ。

名前が人物を作る、ということもあるようだ。もっとも多くの場合は名前負けするのだが。

大文字は、かつては大親分だったそうだ。多くの組員をかかえ、またその組員が組を構え、さらに孫筋に当たる組もあったそうだ。

そうなると、上納金だけでもたいした額になったはずだ。

今、車椅子に乗った彼は、そんな雰囲気は微塵《みじん》も感じさせない。おそらく、ホームの職員たちは、彼がヤクザだったことさえ知らないのではないだろうか。

聞くところによると彼は、五十代で引退したそうだ。組織の絶頂で身を引いたのだという。

いさぎいい生き方だったようだ。

いつものように、城島が話をきいた。

「大文字宗三郎さんですね？」

「あんた、誰だったかな……」

「いや、お目にかかるのは初めてです。神奈川県警みなとみらい署の城島といいます。こちらは諸橋」

諸橋は頭を下げた。

大文字はぽかんとした顔で二人を見ている。城島が言った。

「うかがいたいことがありましてね」

「大文字さん、本牧のタツってご存じですか？」

「本牧のタツ……。ああ、知ってるよ。あいつはたいしたやつだった」

「どんなやつだったんです？」

「強かったね。俺はあいつが負けたのを見たことがない」

「今どこで何をしているか、ご存じですか？」

「さあなあ……。あいつを最後に見たのはずいぶんと昔のことだ……」

「本牧のタツが、神野義治のタマを取ろうとしているらしいんですが……」

「神野ってのは、たしか常盤町の……」

「そうです」

大文字は、短く咳《せ》き込むような音を立てたので、諸橋は少々慌てた。だが、じきに
それが笑い声であると気づいた。

大文字が言った。

「そりゃあ、神野も腹をくらねえとなあ……」

城島が言う。

「そういう物騒な話を、俺たちとしては許しておけないんですがね」

大文字が凄《すご》みのある笑いを浮かべた。

「男はいつだって命がけですよ」

諸橋は言った。

「俺たちは、そういう錯覚を正そうとしているんですがね。考えが足りないから、失わなくてもいい命を投げ出したりする」

ふと大文字が不思議そうな顔をする。

「ええと……。あんた誰だったかな……」

諸橋は城島と顔を見合わせた。認知症の症状が出はじめたのだ。

諸橋は言った。

「みなとみらい署の諸橋です。本牧のタツが、神野のタマを取るって言ってるんです。本牧のタツについて教えてください」

「ああ、あいつはたいしたやつだった。あいつが負けるのを見たことがない……」

同じことの繰り返しだ。

これ以上ねばっても無駄だと、諸橋は判断した。

「お話をうかがえてよかった。ありがとうございました」

二人が立ち去ろうとしたとき、大文字が言った。

「本牧のタツがタマを取るだって……。そういうときはね、タマじゃなくてギョクって言うんだよ」

古い連中はそういう言い方もするのか。

諸橋はそう思った。

詳《くわ》しいことはわからなかったが、本牧のタツが実在の人物であることは確かだ。そして、古い連中は彼のことを知っているようだ。

老人ホームを出ると、城島が言った。

「負けるのを見たことがないって……。本牧のタツってのは、相当の腕なんだね」

「そうは言っても、七十だろう。衰えているはずだ」

「とっつぁんも七十過ぎだが、衰えているように見えるかい」

諸橋はそう言われて考えた。

神野は、へたをするとそのへんの若い連中よりも元気だ。戦後の壊滅的な状況の日本で生まれた世代は、おそろしくたくましい。

彼らはどん底を知っている。

諸橋は言った。

「どんな理由にしろ、殺しを容認するわけにはいかない。場合によっては神野を保護することもあり得るな」

「警察の世話になるなんて、とっつぁんは納得しないだろうなあ……」

「納得しなくてもやるべきことはやらせてもらう」

「まだ本人から話を聞いていなかったね。これから行ってみるかい」

「ああ。また空振りはごめんだから、在宅かどうか確認してくれ」

「岩倉に電話してみよう」

「そう言えばあいつは、あれ以来何も言ってこないな。神野と話をしたはずだ」

諸橋の言葉に、城島がうなずいた。

「そのへんのことも訊いてみるよ」

歩きながら、城島が岩倉に電話をした。

なぜ、今になって本牧のタツが神野の命を狙うのだろう。二人の間に何があったのだろう。

諸橋は考えていた。

若い頃に、何があったのかは知らない。だが、二人とももう七十だ。水に流せばいいじゃないか……。

電話を切ると、城島が言った。

「今ならとっつぁんはいるそうだよ」

「岩倉は、本牧のタツについて、何か言ってなかったか」

「それは、神野本人に訊いてくれと言われた」

諸橋はうなずいた。

「とにかく、行ってみよう」

いつもなら玄関で、「上がってくれ」と言われて「ここでいい」と断るのだが、今日は上がった。

神野はいつもの客間に諸橋と城島を案内した。長火鉢と神棚がある、時代がかった部屋だ。

大きな座卓に向かうと、すぐに岩倉が茶を持って来た。いつものとおり、諸橋は手をつけないが、城島は平気ですすった。

諸橋が神野に尋ねた。

「単刀直入に訊く。本牧のタツを知っているな?」

神野はいつになく神妙な顔つきでこたえた。

「存じておりやす。一度、うちに草鞋《わらじ》を脱いだことがありやす」

「ゲソをつけたのか?」

「いえ、客人です。一ヵ月ほど逗留《とうりゅう》したでしょうか……」

「あんたらの世界で一宿一飯の恩義は大切なんだろう?」

「そのとおりで」

「本牧のタツは、その恩を仇《あだ》で返そうというのか」

「恩を仇で返す……?」

神野はきょとんとした顔を諸橋に向けた。それから城島を見た。

諸橋はさらに言った。

「あんたがどうなろうと、知ったこっちゃないんだが、この横浜で暗殺計画など許すわけにはいかないんでな」

「暗殺計画……」

神野はさらにぽかんとした表情になっていく。

「知ってるんだろう？　本牧のタツが、あんたのタマを取ろうとしているって話」

しばらく呆然《ぼうぜん》としていた神野が、突然笑い出した。

次の間にひかえている岩倉も笑いをこらえている様子だ。

諸橋はなぜ彼らが笑っているのか理解できなかったが、その状況は不愉快だった。

「何がおかしいんだ」

「諸橋のダンナ。何か勘違いされているようで……」

「本牧のタツがおまえに会いに来るんだろう？」

「ええ、たしかに来ることになっておりやすが……」

「返り討ちにでもするつもりか」

「もちろん、そのつもりでやすよ」

「そういうことはよそでやってくれ」

諸橋がそう言うと、すかさず城島が言った。

「つまりこいつは、とっつぁんのことが心配だって言ってるわけだ」

「そいつはどうも」

城島が尋ねた。

「勘違いってのは、どういうことなんだい」

「タツの野郎が取ろうってのは、私のタマじゃなくてギョクですよ」

諸橋は眉をひそめた。

「たしか、大文字宗三郎もそんなことを言っていたが……」

「大文字のご隠居に会われましたか。もとは、ご隠居の口ききで、タツがうちに草鞋を脱いだんでやすが……」

城島が尋ねる。

「タマとかギョクとか、どういうことなの？」

「タツは、真剣師だったんでやすよ」

真剣師というのは、麻雀やポーカーといった賭け事で生計を立てている人々だ。

「あっ」

城島は言った。「真剣師……。ひょっとして、賭け将棋の……」

「そうでやす。本牧のタツといやあ、賭け将棋で一時期名を売った真剣師でした。八《や》百長《おちょう》なしの負け知らず。まさに天才でやしたね。で、うちに草鞋を脱いでいたときのことです。私と一局やったわけです。そのとき、私が勝っちめえやしてね……。本牧のタツは翌日、姿を消しやした」

「待て……」

諸橋は言った。「タマとかギョクとかは、将棋の玉将のことか？」

「はい。本牧のタツが、およそ三十年振りに勝負を挑んできたというわけでして……」

「ははあ」

城島が言った。「八雲のやつ、ネットの書き込みで、玉をタマって読んじまったんだ。それがそもそもの間違いだ」

おそらく、そういうことだろう。八雲にしては珍しいミスだ。だが、おかげでちょっとした騒ぎになってしまった。後で注意をしておこう。

それにしても、と諸橋は思って尋ねた。

「どうして今頃……」

「へえ。町内会で、祭りで神農筋《しんのう》の商売《バイ》を許しちゃどうかという話が出まして……。私がほうぼうの神農筋にお声がけしていたんでやすが……」

神農筋、神農系というのはテキヤのことだ。

諸橋はうなずいた。

「その話は聞いている」

「そこで久しぶりに本牧のタツに再会しやして……。あいつが詰め将棋の屋台を出すという話になりました。昔話をするうちに、やつがどうしてももう一度私と勝負がしたいと言い出しやして……」

諸橋は話を聞くうちにすっかりあきれてしまった。

「おい、帰るぞ」

城島の返事を待たず、諸橋は立ち上がった。

挨拶《あいさつ》もなしに、玄関を出た。

城島が慌てて追ってきた。

「そんなに腹を立てることはないだろう」

「ばかばかしくなったんだ。心配して損をした」

「やっぱり心配してたんだ」

「それなりにな……」

「とっつぁんと本牧のタツの対局、見てみたくないかい」

「別に見たくない」

「本当に？　見物《みもの》だと思うけどなあ……」

しばらく無言で歩いた。

城島がさらに言った。

「本当は気になってるんだろう」

「将棋の勝負なんて、見てもわからないんだ」

諸橋は付け足すように言った。「だが、勝敗は知りたいな」

「それが本音だな」

城島が言った。

諸橋は歩を早めた。

みなとみらい署に向かって歩きながら、今年は久しぶりに祭りをのぞきに行ってみようかと考えていた。

謹慎

1

桜木町駅《さくらぎちょう》の周辺は、昔とはすっかり様子が変わり、高層ビルが目立つ。

それでも、一歩離れると飲食店や個人商店が並ぶ細い路地がいくつも交差する雑然とした町に出る。

近代的なビルとそうした古い街並《まちな》みが混然となっている。それが横浜だ。

みなとみらい署暴対係の倉持忠は、飲食店が並ぶ細い路地を相棒の八雲立夫とともに駆けていた。

暴対係は、正しくはみなとみらい署刑事組対課暴力犯対策係。いわゆるマル暴だ。

八雲の声が背中から聞こえてくる。

「走って行くことないでしょう」

息を切らしている。

倉持は言う。

「係長たちからの呼び出しだ。急がなくちゃ」

「駆けつけてもへとへとじゃ役に立ちませんよ」

八雲が言うことはいつも正しいような気がする。

だが、今はそんなことを考えているときではない。諸橋が来いと言ったら、一分でも一秒でも早く駆けつけなければならないと、倉持は思っている。

電話を寄こしたのは同じ係の浜崎吾郎だ。倉持と同じ巡査部長だが、彼のほうが四歳年上だ。見るからにマル暴という風貌《ふうぼう》をしている。それはこの仕事が長いからだ。それだけ彼は頼りになる。実際、係長の諸橋夏男、係長補佐の城島勇一に次ぐナンバースリーは間違いなく浜崎だ。

諸橋係長か城島が浜崎に電話をし、浜崎から倉持にかかってきたということだろう。

現場は、桜木町駅からそれほど遠くない細い路地だ。居酒屋の前だった。

ひどく酔っ払った様子の五人組と、諸橋、城島が対峙《たいじ》していた。

二人にはまったく緊張した様子がない。

五人の酔漢はいきり立っている。見るからに柄の悪そうな連中だ。

五対二で、しかも相手は暴力の臭《にお》いをぷんぷんさせている。それでも諸橋と城島は余裕の表情だ。

それが倉持には信じられなかった。

城島がちらりと倉持たちのほうを見た。倉持たちは、五人組の背後から近づいていた。

城島が何か言い、一番近くの酔漢がその城島に殴《なぐ》りかかった。城島は無抵抗で殴られた。相手がさらに手を出してくる。そこに城島のカウンターが決まった。相手の男はそのまくたっと地面に崩れ落ちた。それが合図となり、残りの四人が一斉に諸橋と城島に詰め寄った。

城島と諸橋は遠慮なく相手を殴っている。倉持は溜《た》め息をついてから乱闘に割って入った。

「やめなさい。下がりなさい」

だが、酒が入って興奮している四人は言うことを聞かない。

倉持はもう一度溜め息をつき、一番近くにいた男の襟《えり》を後ろからつかんだ。男は振り返って倉持に殴りかかってきた。

倉持は相手の懐《ふところ》に入り身になり、顎《あご》を突き上げた。それだけで相手は地面にひっくり返った。アスファルトに腰から落ちたので、しばらく起き上がれないだろう。

二人目がつかみかかってくる。肘《ひじ》の内側に手刀を当て、そのままターンをすると、相手は派手に飛んだ。その男も背中を地面にしたたかに打ちつけた。

次の男が両手で倉持の襟をつかんできた。手首を捻《ひね》りつつ、体面を翻《ひるがえ》すと、その男の体も宙に舞った。

残った一人は城島のパンチで沈んだ。

倉持が最初に投げた男の両手首に、八雲が手錠をかけた。

さらに、諸橋、城島が投げ出された男を押さえつけて手錠をかけている。

倉持も一人に手錠をかけた。

「手錠が一つ足りないね」

城島が言った。

諸橋が制服を着た地域課の係員を見つけて言った。

「おい、手錠を貸してくれ」

「はい……」

乱闘の通報を受けたのだろう。自転車で交番から駆けつけたらしい若い制服の係員は、きょとんとした顔のまま手錠を差し出した。

城島が言った。

「あんたがかけなよ」

「あ、はい……」

地域課係員は、慣れない手つきで最後の一人に手錠をかけた。

城島がさらにその係員に言う。

「五人の身柄《みがら》を署に運ぶんで、無線で車両を手配してくれ」

「身柄を署に運ぶって……、どこの署へ……？」

今度は城島がきょとんとした。

「みなとみらい署に決まってるだろう」

「ここ、伊勢佐木《いせざき》署の管内ですよ。自分は伊勢佐木署の者です」

「あ……」

城島が言った。「ええと、どうしようかな……」

倉持は、何も言えずに立ち尽くしていた。八雲はすでに我関せずという顔をしている。

諸橋が言った。

「いいよ。身柄を持って行ってくれ」

「みなとみらい署の諸橋係長ですよね」

「へえ……」

城島が言う。「さすがに『ハマの用心棒』だ。顔が売れてるな」

諸橋は渋い顔で言う。

「そうだ。諸橋だ」

伊勢佐木署の係員は戸惑《とまど》った様子で言う。

「事情をうかがいませんと……」

城島が言う。

「そいつらが供述するだろう」

「きっと、みなとみらい署のみなさんに不利な証言しかしませんよ」

諸橋が言った。

「その五人が飲食店で他の客に迷惑をかけていた。それで注意をしたら抵抗したので検挙した。そういうことでいいだろう」

「傷害や器物破損の事実はありますか？」

城島がにやりと笑って、頬を突き出した。赤く腫《は》れあがっている。

「これが傷害の証拠だ。ケータイで写真を撮っておきなよ」

「はあ……」

諸橋が倉持と八雲に言った。

「身柄を運ぶための応援が来るまで付き合ってやれ」

倉持は姿勢を正してこたえた。

「了解しました」

城島が言った。

「じゃあな」

二人は路地の先に歩き去った。角を曲がり姿が見えなくなると、倉持は伊勢佐木署の係員に言った。

「ええと……。名前は？」

「飯島《いいじま》といいます」

「じゃあ、すぐに応援呼んで」

「はあ……。しかし、身柄を運んだ後はどうしましょう」

「そっちの組対に任せればいいと思うけど……」

「そうですねえ……。でも、いいんでしょうか……」

「いいって、何が？」

「これって、けっこう無茶ですよね。監察沙汰《ざた》になったらえらいことです」

八雲が退屈しきった様子で言った。

「こういうの、俺たち慣れっこなんだよ。早く応援呼びなよ」

飯島は慌てて無線で連絡を取った。手錠をかけられた男たちはおとなしくしている。

不思議なもので、荒れ狂っている連中も手錠をかけると嘘《うそ》のようにおとなしくなる。手錠をかけても暴れるのはシャブ中の疑いがある。

それから応援がやってくるまで、十五分ほど待たなければならなかった。

騒ぎが収まったので、野次馬も少ない。倉持はただぼんやりとしているしかなかった。

八雲がつぶやいた。

「ああ、早く帰りたいなあ」

八雲は倉持の一つ下だ。年が近いので、八雲は倉持に対して尊敬の念など、これっぽっちも持っていないように感じられる。

別に倉持は気にしていない。

八雲はおそろしくマイペースだが、暴対係での彼の役割は大きい。彼はパソコンマニアで、係のＩＴを一手に引き受けているのだ。

意外なことに、暴対（今どきの言い方だと組対だが）では、パソコンやインターネットに強い人材が重宝される。インテリヤクザが増え、インターネットを使った詐欺《さぎ》事件などが急増しているからだ。

さらに、八雲の合理主義は倉持にとっては、とてもありがたい。

倉持は、自分のことを優柔不断だと思っている。八雲は対照的だ。不合理なことはずばりと切って捨てるクールな男だ。それが倉持・八雲班の行動の規範となることがあるのだ。

ただ、八雲はどう見てもマル暴には見えない。マル暴と言えば、やはり浜崎のように、本物の暴力団と見分けがつかないようなタイプが多いのだ。

長年マルB（暴力団員）と付き合っているうちに、服装や仕草も影響を受ける。そして、そうした見かけのほうが仕事がやりやすいことも事実だ。

八雲は明らかに暴力とは無縁のタイプだ。だが、不思議なことに彼は、マル暴の仕事をけっこう気に入っている様子だ。

マル暴に関して言えば、八雲よりも自分のほうがよっぽど向いていないと、倉持は思う。

童顔で生まれつき骨格が華奢《きゃしゃ》なせいか、実年齢よりも若く見られて、まるで貫禄《かんろく》がない。気が弱く、暴力の気配がするだけでひどく緊張してしまうのだ。

実は、県内の逮捕術の大会で優勝してしまったことがあり、それを諸橋係長に気に入られて引っぱられたという経緯があった。

刑事を志《こころざ》してはいたが、まさかマル暴になるとは思ってもいなかった。

逮捕術大会で優勝したのには訳がある。

ひ弱な子供は、いつか自分が強くなることを夢見るものだ。

だが、たいていの場合、それは夢だけで終わる。武道や格闘技を始めても、練習についていけず、すぐにやめてしまうからだ。

武道や格闘技の世界には、気が弱く体力のない者を拒絶する独特の雰囲気があるのだ。

倉持もそうだった。小さい頃に近所の剣道教室に通ったが、すぐに音《ね》を上げてやめてしまった。柔道を習ったときも同様だった。

だが、倉持は運がよかった。

高校に入った頃に、自宅からそう遠くない場所に、大東流合気柔術という看板を見つけ、おそるおそる見学をしてみた。

そこの指導者が、これまで経験した剣道や柔道の先生とは違い、実に温和な性格の人だった。

その道場に入門すると、倉持はめきめきと腕を上げた。華奢な骨格自体は変わらなかったが、筋肉は増え、体力もついた。

高校大学と、夢中で道場に通い、いつしかけっこうな実力者になっていた。

今でも時間を見つけると、その道場で汗を流す。

警察学校に入ると術科の時間があり、柔道、剣道、逮捕術を習う。力と体格がものをいう柔道では人並みだったが、剣道と逮捕術では実力を発揮した。

もともと大東流合気柔術は、剣術から生まれた武術だ。剣の理合《りあ》いが含まれているので、剣道でもそれを活《い》かすことができた。

逮捕術では小太刀《こだち》による打ち合いよりも、素手の組み合いが得意だった。つかみかかってくる相手の力を利用して投げたり、崩したりすることができるのだ。

地域課に配属になってからは、合気柔術の使い手であることなどは誰にも言わずに、ひっそりと仕事を続けていた。

県内の警察署対抗の逮捕術大会で、選手の一人が怪我《けが》をして、何の冗談か倉持が引っ張り出されることになった。

もともと選手ではないし、見かけが情けないので、対戦相手は最初からなめてかかる。それが倉持に幸いした。

まさかと皆が思っているうちに勝ち進み、ついに優勝してしまったのだ。

それがみなとみらい署の刑事課長や諸橋の眼に留まったというわけだ。

引っぱってもらった恩はある。諸橋係長や城島係長補佐を尊敬している。だがやはり、自分はマル暴には向いていないのではないかと思ってしまう。ヤクザやチンピラが大嫌いなのだ。できれば近づきたくない。だが、近づかないと仕事にならないのだ。

怖いのはヤクザだけではない。諸橋係長のことを、時折恐ろしいと思うことがある。別に諸橋に何かされたわけではない。特に厳しくされたわけでもない。それどころか、諸橋は部下には優しい。

それでも、時折恐ろしいと思うことがある。見かけだけなら、浜崎のほうがずっと恐ろしい。だが、浜崎には恐怖は感じない。

なぜだろうと考えることがある。

おそらく諸橋には、危険な臭いが付きまとっているのだろうと、倉持は思っている。決して粗暴な言動が目立つわけではない。チンピラと立ち回りを演じるときも、口調は丁寧だし、表情は穏やかだ。

それがかえって恐ろしいのかもしれない。

倉持にとって喧嘩《けんか》は恐ろしいものだ。何年武道をやろうと、それは変わらない。だが、諸橋係長は喧嘩を恐ろしくは感じていないようだ。もしかしたら、好きなのではないかと思うこともある。

喧嘩が好きな人などは、倉持からすると別世界の住人だ。理解できないものは恐ろしい。

一般人がヤクザに抱く感情と、少しばかり似通っているかもしれない。ヤクザは何をするかわからない。その不気味さが恐ろしいのだ。

実態がよくわからないから、いろいろと恐ろしい想像をしてしまう。だから実際以上に恐怖を感じてしまうのだ。

実はそれこそがヤクザの狙《ねら》いなのだ。彼らは実際に暴力で他人を支配するわけではない。恐怖感で支配するのだ。

諸橋係長がヤクザのようだというわけではない。そんなことを言ったら、彼は怒りだすだろう。

諸橋係長のヤクザ嫌いは有名だ。それで若い頃にはついやり過ぎることが多かったと言われている。それでついたあだ名が『ハマの用心棒』だ。

倉持が諸橋係長を怖いと感じるのは、未知の部分があるからではないだろうか。あるいは、倉持の考え過ぎなのかもしれない。

諸橋係長は、裏表などなく、見たままの人なのかもしれない。それでも、机に向かって書類の整理をしたり、部下と気さくに談笑しているときと、チンピラやヤクザと対峙したときのギャップがどうしても気になってしまう。

諸橋係長は、物騒な連中との戦いを意識したとき、間違いなく嬉《うれ》しそうな顔をするのだ。

浜崎から電話があったとき、倉持はまたかと思った。五人組との乱闘騒ぎがあってから、それほど日数が経《た》っていない。

場所は先日の現場の近くだが、今度はぎりぎり、みなとみらい署の管内だった。キャバクラの前だ。

倉持と八雲が駆けつけたとき、三人の男が路上に倒れていた。いずれもタチの悪そうな風体《ふうてい》をしている。

一人は白いスーツ、一人は紫色のジャンパー。もう一人は、スウェットの上下だった。

白いスーツが血に染まっているのが眼についた。

その三人を見下ろすように、諸橋係長と城島が立っていた。

その状況を見ると、何が起きたかは明らかだ。また、諸橋係長と城島が三人の反社会的な連中をやっつけたのだろうと、そのとき倉持は思った。

「うわあ、派手にやりましたね」

八雲がつぶやくように言った。

たしかに今回は派手だった。白いスーツの男の顔面がつぶれたトマトのようなありさまだった。頬は腫れ上がり、血で真っ赤になっている。

鼻血に加えて、唇を切ったための出血があるようだ。

他の二人も顔面をしたたかに殴られている様子だ。

何があったか尋《たず》ねたかった。だが、倉持は言葉を呑《の》んでいた。

諸橋と城島の様子がおかしい。二人とも戸惑ったように立ち尽くしているのだ。

八雲が諸橋に言った。

「係長。こいつら、どうします？」

「身柄を署に……」

諸橋がそこまで言ったとき、複数の人間が駆けてくる足音が聞こえた。そちらを見ると、スーツ姿の男たちが近づいてきた。

二人組だった。まさか、やられたやつらの仲間じゃないだろうな……。倉持は青くなった。だが、彼らはどう見てもヤクザではなかった。

二人組のうちの年上のほうが言った。

「そいつらの身柄をもらっていくぞ」

諸橋は尋ねた。

「あんたは……?」

「県警本部組対四課の土門《どもん》だ。こっちは、下沢《しもざわ》」

「それで、身柄を持っていくというのは、どういうことだ? ここはみなとみらい署の管内だ」

「所轄《しょかつ》に運ぶのも本部に運ぶのも同じことだろう」

諸橋がちらりと城島を見た。城島は何も言わず肩をすくめただけだった。

普段饒舌《じょうぜつ》な城島が何も言わないのも珍しい。本部の連中が獲物を横取りしようとしているのだ。いつもの城島なら皮肉たっぷりの軽口を叩いているところだ。

土門が言った。

「じゃあ、身柄、もらっていくぞ。車に乗せるんで、手を貸してもらえるとありがたいんだがな」

諸橋が倉持にうなずきかけた。倉持と八雲が車まで、三人を引っぱって行くのに手を貸した。土門たちが使っている車は、シルバーメタリックのミニバンだった。

三人は、殴られたダメージがあるのか、黙ったままだ。

車が走り去った。

「いったい、何だったんでしょうね」

八雲が車のテールランプを見ながら言った。

諸橋と城島の身柄が拘束されたのは、それから間もなくのことだった。

2

「訴えられた？　諸橋係長と城島さんが……？」

翌朝のことだ。浜崎がその事実を告げ、倉持は思わず聞き返していた。

「そうだ」

浜崎が沈痛な面持ちで言った。「今、係長とジョウさんの身柄は県警本部だ」

「昨日の事件ですか？」

「ああ。三人のうちの一人が、係長とジョウさんを訴えたらしい」

倉持は、血に染まった白いスーツの男のことを思い出していた。彼の怪我が一番ひどかった。

「おまえたち、現場を見たんだよな」

「ええ、浜チョウから電話をもらってすぐに駆けつけましたから……」

「何か訊《き》かれることになるだろうな」

「何かって……」

倉持がそこまで言ったとき、浜崎は出入り口のほうを見て言った。

「さっそくおいでなすったぞ」

倉持もそちらを見た。

県警本部警務部監察官室の笹本康平《ささもとこうへい》が近づいてきた。笹本監察官は普段から諸橋をマークしていた。

諸橋がやり過ぎることが多いので眼を付けているのだ。

「昨日の事件について聞きたい」

笹本は挨拶《あいさつ》もなしに言った。浜崎がこたえた。

「ええと……。毎日たくさん事件が起きていますからね。どの事件です？」

「時間を無駄にしたくない。諸橋係長たちが訴えを起こされた事案だ。現場を見ていた者がいるだろう」

浜崎がはぐらかそうとする。

「さあてね……」

笹本が苛立《いらだ》った様子を見せた。

「勘違いしないでほしい」

「勘違い……？」

「私は本当のことが知りたいんだ。諸橋係長や城島補佐はたしかにやり過ぎることがある。だが、理不尽《りふじん》なことはしないと信じている」

浜崎は戸惑った様子で、ちらりと倉持のほうを見た。判断に困ったのだろう。無言でどうしたらいいか尋ねてきたのだ。

倉持は笹本に言った。

「自分と八雲が現着しています。浜崎と日下部はその場にいませんでした」

日下部は暴対係一番の若手だ。いつも浜崎と組んでいる。

笹本が倉持に尋ねた。

「諸橋係長か城島補佐が被害者を殴っているところを見たのか？」

「見ていません。自分が現着したときには、三人は倒れていました」

「そのとき、諸橋係長と城島補佐は何をしていた？」

「立っていました」

「立っていた？」

「はい。ただ立っていました。呆然《ぼうぜん》としているように見えました」

「では、二人が暴力を振るっているところは見ていないのだな？」

「見ていません」

「目撃者は？」

「確認していません。県警本部の土門という人がやってきて、倒れていた三人の身柄を持って行ったので……」

「目撃者を探すべきだったな」

浜崎が怪訝《けげん》そうな顔で尋ねた。

「それは、どういうことですか？」

「倒れていた三人のことは知っているか？」

「ええ。おそらく相声会《そうせいかい》の高井《たかい》とその子分でしょう」

笹本はうなずいた。

「諸橋係長が動向を探っていたんだな？」

「そのようです。きな臭い動きがあったもんで……」

「きな臭い動き……？」

「企業のM&Aに絡《から》む恐喝です」

「高井が恐喝をしていたということか」

「会社を買い叩いて、それを高く売るってのは、最近の暴力団の資金源でもあります。何でもアメリカナイズされてましてね」

「それくらいのことは知っている。買収の際に恐喝などの違法行為があるということだな」

「暴力団が暗躍するケースもあるということです」

「高井がそれをやっていたと……」

「そういう情報がありました」

「諸橋係長は、それを力尽《ちからず》くで止《や》めさせようとしたんじゃないのか？」

浜崎はかぶりを振った。

「まさか……」

「土門がそういう絵を描いている。高井が訴えたんでな……」

それを聞いて、倉持は驚いた。

「県警本部のマル暴は、こちらの言い分ではなく、暴力団の言い分に耳を傾けるんですか」

笹本が顔をしかめる。

「諸橋係長も城島補佐も、何もしゃべらないんだからしょうがない」

日下部が言った。

「係長は力尽くで恐喝を止めさせようなんてばかなことはしませんよ」

笹本が日下部を見据えて言った。

「そう思うんだったら、その証拠を見つけるんだ」

彼はゆっくりと係員たちを見回した。

浜崎が笹本に尋ねた。

「それで、係長とジョウさんは県警本部に拘束されたままなんですか？」

「いや、すでに拘束は解かれたが、しばらくは謹慎だ。だが、検察が起訴の方針を固めればまた拘束されることもあり得る」

「そんな……」

「だから、事実を証明するんだよ」

笹本はそう言うと、唐突に背を向けて、足早に歩き去った。

笹本が去ってからも、しばらく誰も口をきかなかった。最初に口を開いたのは、やはり浜崎だった。

「本当に係長たちが高井を殴っていたわけじゃないんだな？」

倉持はこたえた。

「自分は見ていません。笹本監察官にも言いましたが、現着したときには三人は倒れていたんです」

八雲が言う。

「まあ、普段が普段ですから、県警本部が嫌疑《けんぎ》を掛けるのも無理はありませんねえ」

日下部が八雲に食いつく。

「八雲さんは、高井や県警本部の味方なんですか？」

「どっちの味方とかっていう話じゃないよ」

「自分は係長を信じます」

八雲が小ばかにするような口調で言った。

「誰が信じてないと言ったんだ。係長を信じるなんて、当たり前の話じゃないか」

日下部は押し黙《だま》った。

浜崎が言った。

「笹本が言ったとおり、昨夜のうちに目撃者を見つけておくべきだったな……」

倉持は頭を下げた。

「すいません」

「おまえを責めているわけじゃない」

「はあ……」

「係長とジョウさんは、呆然と立っていたと言ったな?」

「はい」

「それは、ちょっと変じゃないか」

「ええ。僕も現着したとき、そう感じました。二人はいったい何をしているのだろうと思いました」

八雲が思案顔《しあんがお》で言う。

「係長も城島さんもダンマリだと、笹本が言ってましたね。それはなぜなんでしょう……」

浜崎が言う。

「土門の言い分がばかばかしくて相手にしていられないからだろう」

それを聞いて倉持は言った。

「あるいは、誰かをかばっているか……」

浜崎が倉持を見る。

「かばっているとしたら、神風会あたりか……。よし、俺が話を聞いてみる。みんなは目撃者探しだ」

係員たちは一斉に立ち上がった。

倉持は正直言ってどういうことなのかわからなかった。現場に駆けつけたときは、てっきり諸橋係長と、城島が、高井たち三人を殴り倒したのだと思っていた。

普段の二人のことを考えると、充分にあり得ることだと、あのときは感じた。しかし、呆然と立ち尽くしていたのが気になる。あのときの二人の様子は普通ではなかった。

それに、諸橋係長も城島も限度はわきまえているはずだ。今になって思えば、相手が大怪我をするほど殴りつづけるなどあり得ないことだ。

倉持は迷っていた。諸橋係長や城島を信じるべきなのだろうが、はたして本当に信じていいものか……。

諸橋にはたしかに暴力の臭いが付きまとっていると倉持は感じていた。もしかしたら自分は、こういう事態が起きることを恐れていたのではないだろうか。

そんなことを考えながら、聞き込みに回った。

証言はなかなか得られなかった。キャバクラの従業員たちが何かを見ているはずだ。だが、彼らは一様に口を閉ざしている。

夜の世界に生きる者たちの処世術だろう。あるいは誰かに口止めをされているのだろうか……。

浜崎から電話があった。

「神風会の神野親分と岩倉に話を聞いたが、二人とも今回の件には無関係だな」

「そうですか」

「二人は誰かをかばっている。それは間違いないと、俺は思う」

「そうですね」

「目撃証言は？」

「いえ、みんな口を閉ざしていまして」

「圧力をかけろ。口を割らせるんだ」

「わかりました」

誰かを脅したりするのは苦手だった。倉持の見かけでは、やってもあまり効果がない。だが、やらなければならない。

マル暴刑事という立場を精一杯利用して、キャバクラの黒服や、客引きに圧力をかけてみた。

その結果、ようやく一人が重たい口を開いた。キャバクラのベテラン従業員だ。倉持と八雲の二人で話を聞いた。倉持は思わず聞き返していた。

「刑事が呼びに来たって？」

「ええ」

キャバクラ従業員はこたえた。「三人で飲んでいるところに、二人組の刑事が……」

「それって、みなとみらい署の刑事？」

「違いますね。見たことのない刑事さんですね」

「どうして刑事だってわかったの？」

「様子を見ればわかりますよ。内ポケットにチョウメンをとめるための茄子鐶《なすかん》が見えましたしね」

チョウメンというのは警察手帳のことだ。

「その後、三人がぼこぼこにされたわけだね。誰がやったか見た？」

「その現場は見てませんね」

「うちの係長と係長補佐がやったんだろうか……」

「いや、そうじゃないと思いますね」

「どうしてそう思う？」

「高井さんたちと、城島さんは、もっと早い時間にお店で話をしていましたからね」

「え……。城島さんが……」

「そうです。城島さんがお帰りになった後に、二人組の見慣れない刑事がやってきたんです」

どういうことだろう。

倉持が考え込んでいると、キャバクラ従業員はさらに言った。

「諸橋さんは、三人がやられたところに駆けつけたんです。そしてその直後、城島さんが戻ってこられました」

倉持は八雲と顔を見合わせてから言った。

「それを、正式に証言してくれるね」

「そうですね。いろいろとお目こぼしいただければ……」

いくつかの交換条件を出された。そのうち一つだけ承諾して話をつけた。客引き行為を大目に見ろという条件だった。

笹本に電話でそれを告げると、彼は言った。

「わかった。後は俺に任せろ」

その言葉に嘘はなかった。

謹慎が解けて、諸橋と城島が署に顔を出した。

倉持が、キャバクラ従業員の供述を伝えると、城島が諸橋に言った。

「ええと……。あの三人は、おまえがやっつけたわけじゃないの？」

諸橋が怪訝そうな顔で言う。

「待てよ。俺はてっきり、おまえがやったものと……」

「俺が現場に駆けつけたとき、倒れた三人を見下ろすように、おまえが立っていたんだ」

「おまえはあの三人に会って話をすると言っていたじゃないか」

「話はしたよ。でも、それだけだよ」

諸橋がぽかんとした顔で、城島を見る。

「俺はてっきり、おまえが三人をやっちまったもんだと思って……」

「ばか言え。そんな無茶をするわけないだろう。こっちこそ、おまえがやったと思ってたんだ」

「じゃあ、ナンですか……」

話を聞いていた浜崎が言った。「二人は、勘違いしてお互いをかばっていたと……」

諸橋係長は苦い顔になった。

「そうと知っていりゃ、さっさと証言したものを……」

倉持は、脱力感を覚えた。

「しかし……」

浜崎が言う。「じゃあ、誰があの三人を……」

「見当はついている」

諸橋が言った。浜崎が身を乗り出す。

「誰です？」

「まあ、待て。この件にはからくりがあるはずだ。キャバクラ従業員の供述を取ってきたのは誰だ」

倉持は慌《あわ》ててこたえた。

「あ、自分です」

「三人を店から連れだした刑事だがな、土門の写真を入手してその従業員に確認を取ってくれ」

「え、土門……」

「現場に姿を見せたタイミングがよすぎる。怪《あや》しいじゃないか」

浜崎が言う。

「笹本さんが言ってました。係長とジョウさんが、高井に力尽くで恐喝を止めさせようとしたという絵を、土門が描いていたと……」

諸橋が立ち上がった。

「笹本に会ってくる。倉持は、顔写真の確認を急いでくれ。結果は電話で知らせるんだ」

倉持も急いで席を立った。

「間違いありませんね。高井さんたちを連れだしたのは、この人です」

キャバクラ従業員の証言を得て、それをすぐに諸橋係長に電話をした。

「わかった」

諸橋は言った。「これで一件落着だ。署で待っていてくれ」

おおよそのからくりはわかった。

土門が絡《から》んでいるようだ。だが、細部がわからない。とにかく署に戻って詳《くわ》しい説明を待つことにした。

倉持が署に戻って一時間ほどすると、諸橋係長が戻ってきた。係長席の横にあるソファに深々と腰を沈めている城島が言った。

「どういうことになっているのか、説明してくれ」

諸橋が話しはじめた。

「企業買収に絡む恐喝容疑で高井を追っていたんだが、高井にしてみれば、俺たちが邪魔で仕方がなかったわけだ。なんとか俺たちを排除したいと考えた」

「それで一芝居打ったってわけか」

「えっ」

倉持は思わず声を上げていた。「あの大怪我が芝居だったというんですか？」

城島が言った。

「あんなの、やつらにしてみれば、たいした怪我じゃないよ。唇を切ったり、鼻血が出たりすると、派手に見えるけどね」

「係長と、城島さんにやられたように見せかけたわけですね」

「そうだ」

諸橋係長が言う。「そして、土門がそれに一枚嚙《か》んでいた。キャバクラから高井たちを連れだし、三人で殴り合うように指示したんだ」

「なるほどね」

城島がうなずいた。「高井の恐喝について証拠固めをしようとしても、どうもうまくいかなかった。いつも先手を取られちまうんだ。警察に内通者がいたのなら納得だ」

「笹本が調べたところによると、土門は企業買収の口ききに一役買って、賄賂《わいろ》を受け取っていたようだ」

「収賄か。そして、俺たちを排除するのにも一役買おうとしたわけだ」

倉持は尋ねた。

「土門はどうなるんでしょう」

諸橋が言った。

「知ったことか」

城島が言う。

「懲戒免職の上に前科者になった警察官は、ヤクザになったりするよなあ」

それに諸橋がこたえた。

「そうしたら、びしびし取り締まるだけだ」

午後八時半。そろそろ帰宅しようとしているところに、電話が振動した。浜崎からだ。

「倉持、野毛《のげ》町で係長たちが呼んでいる。急行してくれ」

またか……。

「了解です」

そう言うしかなかった。隣の席の八雲に言う。

「野毛町で係長たちが呼んでいる」

八雲が肩をすくめてから言った。

「倉持さん、また大活躍ですね」

「勘弁してほしいよ」

「そんなこと言いながら、けっこう楽しんでいるでしょう」

そう言われて驚いた。八雲は誤解しているようだ。

そして、そのとき気づいた。自分も諸橋係長や城島を誤解している面があるのかもしれない。人を本当に理解するには時間がかかる。

「急ごう」

倉持は、立ち上がり、現場に向かった。

やせ我慢

1

「稲村力男《いなむらりきお》が出所します」

浜崎吾郎巡査部長は、城島勇一警部補に告げた。

城島はいつものように、係長席の隣りに置いてあるソファに座っている。彼は自分の席である「係長補佐」の席には滅多に着かない。

だからといって、肩書きが気に入らないわけではないだろうと、浜崎は思っている。

城島は、薄笑いを浮かべながら言った。

「そうかい」

浜崎は言った。

「稲村の動きには充分注意しますが、ジョウさんも気をつけてください」

「出所してくるマルBをいちいち気にしていたら、マル暴刑事なんてやってられないよ」

「はあ……」

いかにも城島らしい台詞《せりふ》だと思い、浜崎は曖昧《あいまい》にうなずいた。

係長席の諸橋夏男が浜崎に尋《たず》ねた。

「稲村力男って、たしか城島が挙げたやつだったな」

「はい。傷害で三年食らっていました」

「傷害で三年は長いな」

「検挙されたとき、前科がありましたから」

「出所したら、城島にお礼参りに来るってことか？」

「検挙されてからずっと、そう息巻いていたということです」

城島が言った。

「どうってことないよ」

諸橋係長が城島に言った。

「おまえが言うとおり、出所するマルBのことなんて気にすることはない。だが、お礼参りとなれば、話は別だ」

城島は相変わらず笑いを浮かべている。

「おまえさん、心配性だな」

浜崎はその言葉にちょっと違和感を覚える。

諸橋係長が心配性というのは、どうかなと思う。

諸橋が浜崎に言った。

「稲村から眼を離すなよ」

「わかっています」

城島が退屈そうにあくびをした。

席に戻ると、隣りの日下部亮が小声で話しかけて来た。

「ジョウさんの肝っ玉のでかさは本物ですよね」

「ああ。俺もそう思う。だが、本人は違うと言っている」

「違うって……?」

「そのうち話してやるよ」

「そのうち、ですか……」

日下部が不満そうな顔をした。

彼は係で一番の若手だ。けっこう血の気が多く、浜崎は常に手綱《たづな》を引いていなければならないと感じている。

今ではベテラン刑事の仲間入りをした浜崎が日下部と組んでいるのは、それを期待されてのことだと思っている。

つまり、日下部のお守《も》りだ。

彼は常に浜崎の言うことを聞くし、フットワークも悪くない。お守りと言いながら実は、日下部のことが気に入っている。

浜崎は言った。

「じゃあ、飯を食いがてら、話をするか。菜香新館の個室を押さえておけ」

「え、個室ですか？」

「店の者に、みなとみらい署の浜崎と言えば便宜《べんぎ》を図《はか》ってくれる」

係長席の隣りから城島の声が聞こえてくる。

「お、菜香新館でランチか？　いいね」

城島は地獄耳だ。

浜崎はそれにこたえた。

「刑事はいいものを食わなきゃだめだと、教えてくれたのはジョウさんですからね」

「そうだよ。特にマル暴刑事はね。マルBに舐《な》められるようじゃだめだよ」

「そういうわけで、行ってきます」

「俺も行こうかな」

「おごってくれるんですか？」

「そういうことは係長に言ってよ」

諸橋が言った。

「理由もなくおごるわけにはいかない」

城島は肩をすくめた。

「じゃあ、またにするか」

浜崎は言った。

「俺たちだけで行くことにします」

城島の話をしようというのに、本人がいたのではやりにくい。

ランチでも二千円以上するが、たまにはいいだろう。うまい昼飯は活力の元だ。浜崎はそう思った。

「ランチなのに、十品もつくんですね」

日下部が目を丸くした。

「そうだ。それが売りなんだ」

絶品のチャーシューを味わいながら、浜崎は言う。

日下部が尋ねた。

「城島さんの話ですが……」

「ああ、いつかは話そうと思っていた。おまえのためになるはずだ」

「自分のため、ですか？」

「そうだ。俺がジョウさんと出会った頃の話だ」

「たしか、伊勢佐木署で組んでたんでしたね？」

「そうだ。俺がまだ駆け出しの刑事の頃だ。ジョウさんは巡査部長だった」

「浜崎さんと城島さんかあ。最強のコンビですね」

「最強か……。当時はとてもじゃないが、そうは言えなかったな」

「ご謙遜《けんそん》でしょう」

「いや、本当の話だ。もし、若い頃の俺がおまえに会っていたら、うらやましいと思っただろうな」

日下部が、怪訝《けげん》そうな顔でジャスミン茶を一口すすった。

「どういうことですか？」

「俺はさ、気が弱かったんだよ」

「それ、何の冗談です？」

日下部が笑った。浜崎は笑わなかった。日下部がすぐに笑いを消し去り、尋ねた。

「本気で言ってるんですか？　浜崎さんは、誰が何と言っても、暴対係のエースじゃないですか」

「まあ、経歴から言えば、係長とジョウさんの次ってことになるな」

「経歴だけじゃないですよ。断然頼りがいがあるじゃないですか。市内のマルBはみんな浜崎さんのことを知ってますよ」

それはいくら何でも大げさだと思った。

「係長じゃないんだ。そんなことはない」

「たしかに、係長ほど有名なマル暴刑事はいませんね」

諸橋係長は『ハマの用心棒』の異名を持つ。本人は、そう呼ばれるのを嫌っているが、その呼び名は伊達《だて》ではない。

「そう。特に若い頃の係長は、誰も手をつけられないほど暴れん坊だったそうだ」

「浜崎さんだって、負けていませんよね。貫禄《かんろく》はあるし、街を歩けば、マルBがびびるじゃないですか」

日下部がそう言うのも無理はない。

おそらく民間人は、自分と暴力団員の見分けがつかないのではないか……。浜崎には、そういう自覚がある。

意識してそういう恰好《かっこう》をしている面もある。幸い、体格に恵まれた。柔道でそれなりに鍛《きた》えたので、威圧的な体つきをしている。

「いいのは体格だけだったな」

「体格だけだった？」

「若い頃は、な……」

「学生の頃から柔道をやっていたと言ってましたよね」

「ああ、そうだ」

「その体格なら、けっこう活躍したんでしょう？」

「ところが、柔道部ではからっきしだったんだ」

「からっきし……」

「試合では滅多に勝ったことがなかった。個人戦ではいつも一回戦負け、団体戦のレギュラーになったことは一度もなかった」

「そいつは意外ですね……」

日下部は、さらに怪訝そうな顔になった。いつもは偉そうなことを言っているから、浜崎の話を訝《いぶか》しんでいるのだろう。

「最大の原因は、気の弱さだったんだ」

日下部は、頬張った料理を噴き出しそうになった。あわてて、ジャスミン茶をすすっている。

「それも笑えない冗談だなあ……」

「本当のことなんだ。まあ、聞いてくれ……」

浜崎は、伊勢佐木署時代のことを話しだした。

2

暴対係か……。

浜崎は、配属されて三ヵ月ほどになるが、自分にはとてもつとまりそうにないと感じていた。

みんなこの体つきにだまされているんだ。

浜崎は思った。

初任科講習の術科の授業でもそうだった。最初は、同じ教場の連中や柔道の指導教官らが、学生時代に柔道部だったと聞き、おおいに期待を寄せた。

だが、実際に組んでみると、浜崎はころりとやられてしまうのだ。もちろん、学生時代にまじめに練習を続けたのだから、技術はある。体だってできている。

問題は、心なのだ。

浜崎は気が弱く、技を活《い》かすことができない。だから、格下の相手に投げられたり、寝技を決められたりする。

自分がマル暴に配属になったのは、その体格のせいではないかと思っている。だが、実際には、ただの弱虫だ。

ヤクザやチンピラが恐ろしくてたまらない。街中でそういう連中を見かけると、つい隠れてしまいたくなる。

だが、それでは仕事にならないのだ。暴力団員は義理事が多く、葬儀などのたびに警察官が動員されることになる。若い頃はどの署の管内であれ、助っ人に駆り出されたものだ。

葬儀の会場周辺を警官隊が固める。それを手伝わされるのだ。出入りする他団体の親分や組員たちをカメラに収めることもある。

そういうときは、早く仕事を終えて帰りたいと切実に思った。

夜の街を城島と二人で歩いていると、たいていの暴力団員は逃げていくが、時には突っかかってくる者もいる。

相手が複数で、自分たちよりも人数が多かったりすると、浜崎は生きた心地がしなかった。

そんな浜崎にとって、主任の城島の言動は信じがたいものだった。

城島はどんなときでも、陽気に振る舞い、どんなことも笑い飛ばす。マルBが絡《から》んできても平然と笑っているのだ。

そして、チンピラを懲《こ》らしめる。そんなやつらに手を出したら、後でどんな面倒なことになるかわからない。

浜崎はそう思って、冷や冷やするのだが、城島はまったく平気なのだ。

そんな城島と組まされたのだ。浜崎はいつも望まない事態に巻き込まれる。常に緊張感と恐怖に苛《さいな》まれて、神経が悲鳴を上げていた。

三ヵ月で、浜崎はげっそりとやつれてしまった。実際、夜も眠れないし、食事ものどを通らない。それでも、城島は自分のやり方を変えようとしない。

チンピラの悪行を見つけては叩《たた》きのめし、ケツ持ちの暴力団事務所に乗り込んで行く。当然、浜崎は同行しなければならない。

冬のある日、署に登庁《とうちょう》すると、城島がいきなり言った。

「おい、阿佐原《あさはら》組の事務所に乗り込むぞ。ついて来てよね」

「え……。何事ですか？」

「女の子が監禁されているらしい。助けに行こうよ」

「二人で、ですか?」

「二人で充分だよ。行くよ」

浜崎は逃げ出したかった。だが、逃げ場はない。城島についていくしかない。

やがて、阿佐原組の事務所に着く。暴対法の施行以来、組の看板を出すわけにはいかなくなり、「阿佐原エージェンシー」という看板を掲《かか》げている。

一見、普通のオフィスに見える。机に向かっている連中もワイシャツにネクタイ姿だ。だが、彼らはどう見ても普通のビジネスマンではない。

めくったワイシャツの袖《そで》から、彫《ほ》り物が見えているやつもいる。パンチパーマや坊主刈りの剣呑《けんのん》な雰囲気のやつらばかりだった。

「邪魔《じゃま》するよ」

城島が言うと、課長席にいた男が立ち上がった。

「これはこれは……。城島さんじゃないですか」

「長沢《ながさわ》。あんまり面倒かけるんじゃないよ」

「さて、何のことで……」

「女の子を拉致監禁《らちかんきん》してるだろう」

長沢と呼ばれた男は、顔をしかめた。

「人聞きの悪いことを言わないでくださいよ」

「相手はまだ未成年だって聞いたぞ」

「誰が言ったか知りませんが、何かの間違いですね」

「じゃあ、家捜《やさが》しをさせてもらうぞ」

城島が一歩進もうとすると、何人かの男たちが立ち上がった。一気に剣悪な雰囲気になる。

浜崎はすくみ上がった。

長沢が言う。

「令状はないんでしょう？　勝手に家捜しなんてできないはずです」

「緊急の場合は、例外が認められる。それにね、逮捕時に必要があるときは、令状なしで捜索ができる。逮捕しようか？」

「無茶言わんでください」

「とにかく、おとなしく女の子を出してくれればいいんだ。じゃないと、本当に逮捕・監禁の罪で現行犯逮捕するよ」

そのとき、若い男が吼《ほ》えた。

「てめえ、ふざけたこと言ってると、ぶっ殺すぞ」

浜崎は、びくりとしたが、城島は薄笑いを浮かべている。

「おや、害悪の告知だ。暴対法で引っ張れるが、どうする」

長沢は、ますます苦い顔になって、その若い男を怒鳴《どな》りつける。

「余計なことを言うな。黙ってろ」

それから城島のほうを見て言った。「ねえ、城島さん。何か誤解があるようだ」

「ほう、そうかい？」

「素人《しろうと》の娘をさらったような言い方をなさってるが、そいつは違う」

「どう違うんだ？」

「その娘ってのは、うちの所属のタレントでね」

「へえ、おたくが芸能事務所をやっているとは知らなかった」

「いろいろとやらせてもらってますよ。まだまだ弱小ですがね……」

「タレント事務所だとか言って、女の子をフーゾクやAV業界に売り飛ばしているんじゃないの？」

「そんなことはしませんよ」

長沢はそう言ったが、その口調から城島が言ったことが図星だったのではないかと、浜崎は思った。

城島が言う。

「所属タレントだって何だって、本人の意思に反して事務所に連れて来て、部屋に閉じ込めていたら、れっきとした犯罪だからね」

「話し合いをしているだけですよ」

「いいから、その子に会わせてよ」

長沢は、しばらく考えていたが、やがて、近くの組員に言った。

「おい……」

その組員は、ドアの向こうに消えた。どうやらそこは、応接室になっているようだった。組員は一人の若い女性を連れて戻って来た。

細身で長いストレートヘアー。

へえ、かわいい子だな……。

浜崎は状況も忘れて、そんなことを思っていた。

城島がその娘に言った。

「俺は、神奈川県警伊勢佐木署の城島。お嬢さんは、自分からここにやってきたの？」

彼女はすっかり怯《おび》えている様子だ。どう返事をしていいかわからない様子だ。無理もないと思った。ここで、長沢たちを怒らせるようなことを言ってはいけないと考えているはずだ。

やがて、彼女は言った。

「自分からっていうか……」

そしてまた考え込む。

城島が言った。

「本当のことを言えばいいんだ。心配しなくていいから」

すると彼女は言った。

「なんだか、ワケわかんないうちに、ここに連れて来られちゃってさ……。もう、パニックよ」

「じゃあ、いっしょに帰ろう」

城島が言うと、長沢が渋い顔で言った。

「待ってくださいよ。仕事の話があるんですよ」

「どんな仕事だ？」

「それは言えませんね」

「なら連れて帰るよ」

長沢は何も言わなかった。事務所の中は一触即発の雰囲気だ。浜崎は生きた心地がしない。城島は、鼻歌でも歌いそうな様子だった。

娘を連れて事務所の外に出ると、浜崎は心底ほっとした。

それから彼女を喫茶店に連れて行き、話を聞いた。タレントの真似事《まねごと》をしていたのは事実のようだ。

しかし、テレビとか雑誌ではない。いくつかのイベントに派遣されたことがある程度だった。そのうちに、枕営業の話をされた。要するに売春だ。それを嫌がったら、無理やり事務所に連れていかれたらしい。

それを見ていた城島のハトの一人が連絡をくれたのだ。ちなみにハトというのは、情報源のことだ。

城島は、それからほうぼうに電話をして、彼女の安全が確保されたと判断すると、ようやく署に引きあげた。

この一件で、浜崎はすっかり自信をなくしていた。なにせ、事務所に行っただけで、びびりまくっていたのだ。我ながら情けないといったらない。

そんなことを思っていると、城島が声をかけてきた。

「なんだよ。しけた顔してるな。今日は犯罪を未然に防いで、かわいい女の子を一人救ったんだ。上出来だと思うけどな」

「はあ……。自分もそう思います」

「なら、どうしてそんな暗い顔してるわけ？」

浜崎は、どうこたえていいか考えていた。城島がじっと浜崎の顔を見つめている。

思っていることを、そのまま言うことにした。

「自分は、マル暴には向いていないと思います。いや、警察官が向いていないんじゃないかと思って……」

「なんだ？　辞《や》めるっていうの？」

その踏ん切りは、まだついていない。だが、それしかないか、とも思う。

「そうですね……」

「せっかく、初任科の訓練にも耐えて警察官になり、さらに刑事にもなれたってのに、辞めることはないだろう」

「怖《こわ》いんです……」

「怖い？　何が？」

「チンピラや暴力団員が、です」

「たまげたな。そんな立派な体格してるのに？　しかも、学生のときは柔道部だったんだろう？」

「見かけ倒しなんです。ヤクザにびびってるんですから、マル暴はつとまりません」

「そんなことはないと思うよ」

「自分は、城島さんとは違います」

「え、どう違うってえの？」

「度胸が違います。城島さんは、どんなやつを相手にしても、まったく動じないでしょう？　自分には無理です」

ふと城島は考え込んだ。

「度胸ね……」

「そうです」

浜崎は言った。「自分には城島さんのような度胸がありません」

「あのね……」

城島が真顔になった。「俺だって、そんなに度胸があるわけじゃないんだ。おまえさんと、そんなに変わらないと思うよ」

「まさか……。城島さんと自分は全然違いますよ」

「どうしてそう思うんだ？」

「どうしてって……。城島さんを見ていればわかりますよ」

「そう見えるように努力しているんだよ」

「努力？　何をどう努力しているというんですか？」

「やせ我慢《がまん》だよ」

「やせ我慢……？」

「そう。俺も若い頃は、ヤクザが怖かったさ。いや、誰だってそうだと思う。だから、そのこと自体は気にすることはない。問題は、どうやってその気持ちに対処するか、なんだ」

「ヤクザが怖かった、ですって？　城島さんが？　嘘でしょう？」

「いや、本当の話だ。だから、やせ我慢をした。何があっても余裕の笑いを浮かべていよう。そう決めたんだ。そういうスタイルを作ろうと思った」

「スタイルを作ろうと……」

「そう。最初は付け焼き刃というか、張りぼてというか……。つまり、本当じゃなかったわけだ。それでも俺は演じ続けた。すると、徐々に周囲の反応が変わってきた。ヤクザの世界で言う貫目《かんめ》がついてきたんだね」

「はあ……」

「いいかい。やせ我慢も続けていりゃ、いつか本当の我慢になるんだ。おまえさんも、せっかくそんな体格しているんだから、要は演出次第だと思うよ」

「演出ですか……」

「そうだ。自分で自分を演出するんだ。恰好から入るのも大切だよ。そんな、町役場の役人みたいな七三分けはやめにして、強面《こわもて》にしてみたらどうだ？」

「それで、何か変わりますかね……」

「俺は変わったよ。まあ、やってみることだね」

3

「え、浜崎さんは、七三分けだったんですか？」

日下部が目を丸くした。

「若い頃はそうだったよ。そうしなきゃいけないと思ってたんだ」

「今のようなスタイルになったのは、城島さんのアドバイスがきっかけだったということですか」

「そうだ。俺はさっそく、丸刈りにして、ネクタイを外し、ダークスーツを着て、シヤツの襟《えり》を広げた。そうしたら、世界が変わったんだ。恰好から入るのも大切だと、ジョウさんは言ったが、それを実感したね」

「そうかもしれませんね」

「そして俺は、ジョウさんが言ったとおり、やせ我慢を続けた。やせ我慢でいいんだと思うと、何だか気が楽になったな……。そしてこれもジョウさんが言ったことだが、そのうちにやせ我慢が本当の我慢になった。腹が据《す》わってきたのが自分でもわかった」

「へえ……」

日下部は、感心したような顔で浜崎を見ている。

「個人的には今でも、ヤクザなんか苦手だ。だがな、仕事のときは平気だ。どんなやつでも相手をしてやる。強面のマル暴刑事を演じている限りだいじょうぶなんだ」

「いや、本当に驚いたなあ……。マル暴は、浜崎さんの天職だと思っていましたからね」

浜崎は、苦笑してから言った。

「やがて、ジョウさんも俺も伊勢佐木署から異動になり、離ればなれになった。しばらくして、ジョウさんが、みなとみらい署新設に際して、暴対係の係長になるという噂《うわさ》を聞いた」

「その話は聞いたことがあります。当初、城島さんが係長になるはずだったんだけど、そこに、諸橋さんが懲罰的な人事でみなとみらい署にやってきて暴対係の係長になってしまった。それで、城島さんが係長補佐になったと……」

「そう。諸橋係長は警部だからな。本来なら課長だ。だが、係長にされたわけだ。ヤクザ相手に少々やり過ぎる嫌いがあり、県警本部から睨《にら》まれたってわけだ」

「なるほどぉ……」

「ジョウさんは、係に一人引っぱりたいやつがいると、署長に言った。それが、係長補佐という立場を受け容《い》れる条件だったんだ」

「それ、浜崎さんのことですね」

「そういうことだ。俺はまたジョウさんといっしょに働くことになった」

「そうだったんですか」

「俺は、マル暴刑事として、ジョウさんが最高だと思っていた。彼以上の人はいない、と……。だが、いたんだ。諸橋係長は、ジョウさんを超えていた。ジョウさんも、そう思っている。だから、今の立場に納得しているんだよ」

日下部がうなずいた。

「わかりますよ。相手が係長だと、何も言えませんよね」

「ジョウさんは、今の立場が気に入ってるんだよ」

「係長補佐がですか？」

「そう。もともと組織の責任を負わされるなんて、向いていないんだ。今は、諸橋係長が責任を取ってくれる。それでいて、権限はほぼ係長と同じ……。たぶん、ジョウさんは、係長に対して、楽をさせてもらって申し訳ないと思っているに違いない」

日下部は、ふと表情を曇《くも》らせた。

「それで、稲村の件ですが……」

「ああ。ジョウさんに手を出させるわけにはいかない」

「やっぱり嘘でしょう？」

「何が？」

「若い頃気が弱かった、なんて……。今の顔を見たら、ヤクザも逃げ出しますよ」

「嘘じゃないさ」

浜崎は、ジャスミン茶をすする。「だけど、仕事となれば手を抜かねえよ」

浜崎は日下部とともに、稲村力男にしばらく張り付くことにした。お礼参りをするなら、出所後すぐのはずだ。

塀の中にいるときから、その瞬間を待ち望んでいるのだ。

二人は車に乗って稲村の住居を見張っていた。

「いました。あいつですね」

運転席の日下部が言った。浜崎は日下部の視線の先に眼をやった。

たしかに稲村だ。時刻は午後五時。薄手のジャンパーにカーゴパンツという恰好だ。

丸刈りで目つきが悪い。世の中のすべてを呪《のろ》ってやろうという目つきだ。

「徒歩で尾行しますか？」

「待て、タクシーを拾うようだぞ」

「じゃあ、追尾します」

日下部はエンジンをかけた。

稲村が乗ったタクシーを追いはじめる。やがて、日下部が言った。

「なんだか、見覚えのある場所にやってきましたね」

「ああ……」

みなとみらいだ。稲村が乗ったタクシーは、みなとみらい署の前で停まった。

日下部は、二十メートルほど距離を置いて車を停めた。

「野郎、どういうつもりでしょう」

「さあな……。まさか、署に乗り込んで、お礼参りってつもりじゃねえだろうな」

「そんなことをしたら、即、刑務所に逆戻りですよ。いくらなんでも、そんなにばかじゃないでしょう」

「どうかな……。ジョウさんにお礼参りなんて、相当のばかだと思うぞ」

タクシーが走り去った。稲村は歩道に佇《たたず》んだままだ。みなとみらい署のほうを見つめている。

日下部が言った。

「もしかしたら、城島さんが出てくるのを待っているのかもしれませんね」

「時間を考えれば、それもないとは言えないな……」

時計の針は、五時十五分を指している。ちょうど日勤警察官の終業時間だ。

浜崎は、城島に電話をした。

「はい、城島」

「今、署の外に稲村が立っています」

「おや、さっそくかい。おまえさん、どこにいるんだ?」

「署の前に車を停めて、その中にいます」

「日下部がいっしょかい？」

「そうです」

「稲村のやつは、何をしている？」

「ただ突っ立って、署のほうを見ています」

「物陰に隠れたりはしないわけだ」

「このあたり、隠れようにも隠れる場所がありませんよ」

「車があれば、待ち伏せも楽だろうに……」

「ここに来るのもタクシーでした。車が手配できなかったんでしょう」

「稲村は、安伊坂《あいさか》組だったな。代貸《だいがし》だったはずだ」

浜崎は城島の言葉を訂正した。

「安伊坂組は関西の枝なんで、代貸じゃなくて若頭ですよ」

「そうだったね。しかし、若頭なのに車一台用意できないってわけ？」

「安っぽいジャンパーにカーゴパンツという恰好です。ムショに入る前はスーツでびしっと決めていたんですが……」

「組から切られたのかね……。何か聞いてる？」

「いえ、そういう話は……。でも、あり得ないことじゃないと思います。今どきのマルBは、義理もへったくれもないですからね」

「三年も経《た》てば、組の事情も変わるよなあ。西のほうは分裂だなんだと騒がしいからな」

「ムショにいる間に、若頭の座を奪われたのだとしたら、余計にジョウさんを怨《うら》みに思っているでしょうね」

「そうかもね」

「職質かけて追っ払いましょうか？」

 やや間があった。考えているのだろう。やがて、城島が言った。

「いや、触らないで見ててくれ」

「いいんですか？」

「いいんだよ」

「わかりました」

浜崎が電話を切ると、日下部が尋ねた。

「城島さんですか？　何と言ってました？」

「接触せずに、ただ見ていろと……」

「言われたとおりにするしかないですね」

「そうだな」

浜崎は、フロントガラス越しに稲村を見つめていた。

歩道に一人佇み、ただみなとみらい署を見つめている姿は不気味だった。

日下部が言った。

「警察署の真ん前ですよ。誰か職質をかけてもよさそうなもんですがね……」

「そうだな……」

自分らは城島から「触るな」と言われている。だが、事情を知らない他の警察官が職質をかけるなら問題はないだろう。そうしてくれるとありがたい。

浜崎はそう思った。だが、稲村に近寄って行く者はなかった。

三十分ほど経った頃、稲村が動いた。何かを見つけた様子で、歩き出したのだ。

浜崎はその視線の先を追って、はっとした。

「ジョウさんだ……」

「え……？」

浜崎が指さすと、日下部がそちらを見た。

稲村は間違いなく城島のあとをつけている。日下部が言った。

「どうします？」

判断の難しいところだ。浜崎は言った。

「俺は徒歩で尾行する。おまえは、車で待機だ」

「了解しました」

車を下りると、浜崎は稲村の尾行を開始した。城島のあとを稲村がつけ、そのあとを浜崎が追っている。

城島は一人だ。たいていは諸橋係長といっしょに行動しているが、今は諸橋の姿はない。彼は、臨港パークのほうに向かっている。

妙だな、と浜崎は思った。駅も繁華街も逆方向だ。そちらの方向に用があるとは思えない。

稲村は一定の距離を保ちながら城島についていく。浜崎は、城島に言われたとおり、接触は避けて、ただ監視を続けた。

城島は公園内に進んでいった。

浜崎は、携帯電話で日下部と連絡を取った。車を近くまで持ってくるように言う。電話を切ると、さらに尾行を続ける。

やがて、城島は立ち止まり、踵《きびす》を返した。稲村も立ち止まる。浜崎は木陰に身を隠した。

城島の声が聞こえてきた。

「久しぶりだな。俺に用があるんだろう」

押し殺すような稲村の声。

「てめえのせいで、俺は何もかも失っちまったんだ」

「悪いことをしたヤクザはつかまえる。それが俺の仕事だ」

「おまえには死んでもらう。でないと、俺は腹が立って夜も寝られないんだ」

「組を追われたわけだな。そうなると、おまえを慕《した》っていた連中も離れていく。女もいなくなる……」

稲村は懐《ふところ》に手を入れた。そして、九寸五分の匕首《あいくち》を抜いた。それを見た浜崎は、飛びだそうとした。いくらなんでも、刃物はやばい。

だが、浜崎よりも早く、稲村に向かっていった者がいた。脇からするすると近づき、稲村の顔面に猛烈なパンチを飛ばした。

稲村は一発で尻餅《しりもち》をついた。

諸橋係長だった。

おそらく、城島と諸橋係長の間で段取りができていたのだ。城島は人気《ひとけ》のない公園に稲村を誘い出したのだろう。

浜崎は、城島と諸橋のもとに駆け寄った。

諸橋も城島も浜崎のほうは見ない。じっと、稲村を見つめている。

稲村が頭を振って立ち上がった。手にはまだ匕首を持っている。諸橋は、迷わず近づきまた顔面にパンチを飛ばした。

稲村が再びひっくり返る。諸橋はその右手を踏みつけた。浜崎は、その右手から匕首をもぎ取った。

手首を踏みつけたまま、諸橋が言った。

「警察官にお礼参りをしようなんてふざけたやつは、俺が許さない」

城島の声がした。

「わかったろう。世の中には俺よりずっとおっかないやつがいるんだ。覚えておけよ」

浜崎は言った。

「逮捕しますか?」

諸橋係長がこたえた。

「放っておけ。来るたびに同じような目にあわせてやるさ」

諸橋が足を上げると、稲村は手首を押さえ、体を丸めてあえいだ。唇が切れたか、鼻血なのか、地面に血を滴《したた》らせている。

「じゃあ、行こうか」

城島が言った。

諸橋係長と彼は、後ろも見ずに歩きだした。浜崎は、何度も振り返りながら彼らのあとについていった。

やがて、路上に駐めた車の脇に日下部が立っているのが見えてきた。彼は、ぽかんとした顔で、近づいてくる三人の上司を見つめていた。


「あれ以来、稲村は姿を見せませんね」

浜崎は、いつものように係長席の横のソファに座っている城島に言った。

城島は余裕のほほえみだ。

「時間が経てば頭も冷える。そういうもんだよ」

諸橋係長が言った。

「ああいうやつは、逆《さか》らう気をなくすようにがつんとやっておかなけりゃならない」

日下部が驚いたような顔で尋ねた。

「がつんとやったんですか？」

城島が笑顔で言う。

「おまえは知らなくていいよ」

「はあ……」

間違いなくこの二人は神奈川県警で最も頼りになるコンビだ。この二人がいる限り、俺はどんなことでも我慢できるだろう。

浜崎は、城島と諸橋をちらりと見やって、そんなことを思っていた。

内通

1

芯まで冷えるというのは、このことだと、八雲立夫は心の中で不満を洩《も》らしていた。

十一月下旬ともなれば、横浜の寒さも厳しい。しかも、埋め立て地のみなとみらいは海風が強い上に、ビル風がきつい。

八雲たち、みなとみらい署刑事組対課暴力犯対策係の捜査員たちは、県警本部の連中といっしょに、ある車両を見張っていた。

黒いバンだ。みなとみらいの路上に駐車している。美術館南という交差点の近くだ。

八雲は隣にいる倉持忠巡査部長に言った。

「どうして、県警本部の連中は車の中なのに、俺たちは路上なんですかね」

倉持は巡査部長の主任だが、八雲と一歳しか違わない。それでもいちおう、年上だから敬語を使っている。

倉持はタメ口でいいと言うので、たまにそうなってしまうのだが、普通は敬語だ。

警察社会では、そのほうが受けがいいのだ。どこで誰が見聞きしているかわからない。

正直、誰がどう思おうと、どうでもいいと思っているのだが、ちょっとしたことでトラブルを避けたり、好感度が上がるなら、それを心がけるに越したことはない。

倉持がこたえた。

「仕方がないよ……」

彼らしい返事だと、八雲は思った。

いかにも気弱そうな倉持は、どんな辛《つら》い状況でも我慢して受け容れようとする。損な性格だよなあ、と八雲は思う。

だが、八雲はそんな倉持が嫌いではない。見た目は情けないが、立ち回りを演じると、ちょっとしたものだ。

何でも合気柔術とかの段持ちだということだ。人は見かけによらないのだ。

「同じ捜査員なんだから、彼らも路上で張り込みをやればいいのに……」

「本部から車で来ているんだから、それを使わない手はないだろう。一方、俺たちは署から徒歩で来たんだし……」

八雲は言葉を返さなかった。

別に気のきいたこたえがほしかったわけではない。退屈だから話しかけただけのことだ。

見張っている車は、覚醒剤の売人のものだ。売人の名前は、川森元《かわもりはじめ》。年齢は三十二歳だ。

県警本部組織犯罪対策本部の薬物銃器対策課と、八雲たちみなとみらい署の暴対係が合同で長い間追跡を続けていた。

八雲は、周囲から暴対係には向いていないのではないかと言われる。まあ、自分で言うのもナンだが、暴対係の中ではちょっと異色だと思っている。

本来なら、生活安全課のサイバー犯罪対策係あたりに引っぱられるはずだった。八雲はコンピューターやインターネットに詳しい。それなりのスキルも持っているつもりだ。だが、サイバー犯罪対策課ができる前に、暴対係に異動になってしまった。

今は何でもかんでもＩＴの時代だ。暴力犯も例外ではない。

今時のインテリヤクザは、パソコンやネットを使いこなす。サイバー犯罪がヤクザの資金源になっていたりする。

周囲の声などどうでもよく、実は八雲は暴対係をけっこう気に入っていた。特に、諸橋係長の暴力団に対する容赦ない姿勢がいいと思っている。

倉持も暴力団や半グレといった反社会的な連中が嫌いだと言っていたが、それとはちょっと違う意味で、八雲も大嫌いだった。

倉持は彼らを怖がっている。八雲の場合は、女性がゴキブリを嫌悪したり、人が蛇《へび》を忌避《きひ》したりするのに似ている。

生理的に嫌いなのだ。ああいう連中がこの世に存在するというだけで、不愉快な気分になる。

暴力を振るったり、悪いことをするのが好きなやつらは、どこか別の国に行ってほしいと思う。だが、どんな時代でも、どんな場所にでも、反社会的なやつらはいる。学校には不良がいるし、歓楽街には必ずヤクザがいる。取り締まろうが、排除しようが、決していなくならないのだ。

だったら、諸橋のように徹底的に取り締まるしかないと、八雲は思っている。

冷たいビル風が吹き抜け、八雲はますます不機嫌になってきた。

「薬物関連の取り締まりなんて、本来暴対係の仕事じゃないでしょう」

八雲がぶつぶつ言うと、倉持がこたえた。

「しょうがないよ。組対本部ができて、かつて生安で扱っていた薬物や銃器の取り締まりは、そこでやることになった」

「所轄に薬物銃器対策係を作ればいいんです。薬物の捜査は、手間がかかり過ぎるんですよ。俺たち、時間を取られて、他の事案がすっかり棚上げじゃないですか」

「そう言うなよ。おそらく今日で一段落だよ」

「そう願いたいですね」

駐車している車のところに、売人の川森がやってくるのを待ち受けているのだ。おそらく、車の中には薬物が隠されているはずだ。

今頃どこかで商売をしているのかもしれない。だとしたら、薬物を所持している可能性もある。

いずれにしろ、現行犯逮捕だ。

八雲はこの日を待ちわびていた。川森の身柄が確保できれば、ようやく川森の内偵から解放される。

薬物の所持は、後の公判のことも考慮してできれば現行犯で逮捕したい。県警本部でも同様に考えているのだ。

川森の身柄はおそらく県警本部が持っていくだろう。送検後の捜査も県警本部の組対本部が担当するはずだ。

八雲たちはようやく棚上げになっている自分たちの事案に取りかかれるというわけだ。

受令機につながっているイヤホンから声が流れてくる。

「来たぞ。川森だ。人着《にんちゃく》確認」

　別の声が聞こえる。

「車に乗り込むまで触るな」

「触る」というのは、接触するという意味だ。

県警本部の捜査員同士のやり取りだった。所轄は、指令待ちだ。

　倉持が言った。

「見えた。車に人が近づいて行く。おそらく川森だ」

八雲も視認していた。たしかに川森に間違いない。その人影が車に到達する。車のライトが点滅する。ドアの解錠をしたのだろう。

　その瞬間に、受令機から声が流れた。

「今だ。確保しろ」

　倉持が動いた。

「行くぞ」

　隠れていた捜査員たちが、いっせいに姿を現す。浜崎と日下部の姿もある。

　諸橋係長と城島係長補佐は、おそらく車の中で待機だろう。八雲がそう思ったとき、
その二人が姿を見せた。

どうやら係長たちも、吹きさらしの中で張り込みを続けていたようだ。考えてみれば、諸橋係長は、自分だけ楽をしようなどと考えるタイプではない。

車と川森を捜査員たちが取り囲む。

「何ですか、いったい……」

川森は驚いた様子で、県警本部の捜査員に言った。

「川森元さんですね」

「そうだけど……」

「ちょっと、車の中を見せてもらっていいですか」

「車の中？　別にいいけど……」

やけにすんなりと承諾したな。

八雲は思った。開き直ったのだろうか……。

「それと、お持ちのバッグの中もよろしいですか？」

彼は肩に、カーキ色のメッセンジャーバッグをかけている。

「かまわないよ」

そのバッグを捜査員に手渡す。

「おい、車の中だ」

県警の捜査員に言われて、八雲は思った。

何を偉そうに……。

手分けして車の中とバッグを調べる。報告がないまま、時間だけが経《た》っていく。

「どうだ？」

県警本部捜査員の苛立《いらだ》った声が聞こえる。

だが、車の中から薬物は発見されなかった。バッグの中にもない。

川森が言った。

「職質にしては大げさですね。もう行っていいですか？」

「ちょっと警察まで来ていただけますか？」

「えー、俺、これから用事があるんだよ」

「お手間は取らせませんので……」

これは、警察の常套句《じょうとうく》だ。一度警察に来たら、たっぷり手間暇《てまひま》がかかることになる。

これまで内偵にずいぶんと時間をかけたのだ。県警本部の組対本部としては、ここで川森を逃がすわけにはいかない。

かといって、証拠がないのではどうしようもない。身柄を引っぱって行って、尿検査の陽性反応に期待するしかないのだ。

川森が言った。

「ちょっとだけなら、いいよ」

身柄をみなとみらい署に運ぶことになった。すぐに、尿検査だ。

川森は県警本部の車に乗せられた。

諸橋係長と城島は車で来ているが、その他の係員は徒歩だ。帰りも徒歩だろうと思っていると、諸橋係長に言われた。

「倉持と八雲は、いっしょに車に乗ってくれ。本部の連中がうちの署に来たところで、うろうろするだけだ。段取りをしてやってくれ」

倉持が即座にこたえる。

「了解しました」

八雲は言った。

「要するに、本部の連中のために雑用をやれということですね」

城島がにっと笑って言った。

「そういうことだよ」

「何だって？　反応が出ない？」

組対本部の薬物犯罪対策係の係長が、眉《まゆ》をひそめて言った。係長の名前は、大石義《おおいしよし》和《かず》。年齢はたぶん四十歳くらいだ。

こたえたのは、みなとみらい署の鑑識係員だ。

「はい。薬物反応は陰性です」

「何かの間違いじゃないのか？」

「間違いありません」

大石係長は、奥歯を噛《か》みしめた。県警本部の捜査員が尋《たず》ねる。

「どうします？」

「やつの車はどうした？」

「署に運んできてますが……」

「もう一度、徹底的に調べろ」

「はあ……」

「尿検査が陰性となれば、何とか証拠を見つけるしかない」

「本部に身柄を移して、検査をやり直しましょうか」

それを聞いた鑑識係員がむっとした調子で言った。

「どこで検査しても、結果は同じですよ」

いいぞ、言ってやれ。

八雲は、心の中でエールを送っていた。

それから、本部の捜査員とみなとみらい署暴対係の係員が総出で、車を捜索した。

売人の中には、車に特別な隠し場所を作っている者もいる。

それも考慮に入れて、徹底的に捜索した。だが、結局、薬物は発見できなかった。

誰かが言った。

「薬がこぼれているかもしれない。掃除機で微物を吸い取って検査してくれ」

それに対して、暴対係の浜崎が言った。

「微物鑑定には時間がかかりますよ」

「いくら時間がかかったっていい。検査するんだよ」

浜崎は、溜《た》め息《いき》をついた。結局、鑑識が呼ばれ、掃除機で車内をくまなく吸い取った。

「薬物反応を最優先で調べてくれ」

県警本部の捜査員に言われて、鑑識係員が無言でうなずいた。

八雲は隣にいた倉持に言った。

「本部の連中は、そうとうにあせってますね」

「おまえね、他人事《ひとごと》じゃないんだよ」

「そうですかねえ……」

そう言うと、倉持はあきれたように八雲を見た。


結局、微物鑑定をやっても薬物は検出できなかった。

川森を釈放するしかなかった。署を去るとき、彼は言った。

「何もしていない人間を、こんなに長い間拘束しておいて、謝罪の一つもないのか」

それを聞いて、大石係長は悔しそうな表情をしたが、何も言わなかった。川森がさらに言う。

「これ、明らかに違法だよね。謝罪がないなら、俺訴《うった》えるからね」

川森が出て行くと、大石係長は近くの椅子を蹴《け》った。

「いったい、どうなってるんだ。どうして何も出ない」

まるで、みなとみらい署の係員たちを責めているような態度だった。

まあ、誰も自分の責任だとは思いたくないからな。八雲はそう思った。

それにしても、今日で終わると思っていた川森の件が、さらに続くことになった。

やれやれ、だ。

八雲は溜め息をついた。

2

その翌日のことだ。

笹本康平が、暴対係にやってきた。

県警本部警務部監察官室の監察官だ。諸橋係長を目のかたきにしているとみんなは言っている。

諸橋係長もそれは意識していて、彼が来るとたんに機嫌が悪くなる。

「何の用だ？」

諸橋係長が笹本に言った。

「川森という売人を検挙できなかったということだな」

「俺たちのせいじゃない」

「そうかな」

「そうかな？　それはどういう意味だ？」

「車や所持品から薬物が発見できなかったのは、彼が事前に警察の動きを察知していたからだ。つまり、証拠を隠滅したわけだ」

諸橋係長の表情が曇《くも》る。

「事前に警察の動きを察知していた？」

「そうだ。捜査情報が漏洩《ろうえい》していた恐れがある」

諸橋の席の隣に置かれたソファに腰かけている城島が言った。

「まあ、あんたの言うことはわからないではないが、なんであんたがここにいるのかがわからない」

笹本が言った。

「ここから情報が洩れた疑いがある。だから、調べに来たわけだ」

城島が言う。

「県警本部では、俺たちを疑っているということ？」

「所轄は情報管理が甘い。マスコミも出入りしている」

「マスコミが出入りしているのは、県警本部も同じことだろう」

「とにかく、調べさせてもらう。まずは、それぞれから話を聞かなければならない」

諸橋係長が言う。

「こっちは、おたくと違って忙しいんだ。そんなことに付き合ってはいられない」

「被疑者が忙しいと言ったら、あんたらは検挙しないのか？」

「何だって？　俺たちは被疑者扱いなのか？」

「監察にかけられるというのは、そういうことだ」

諸橋係長は、うんざりとした顔になった。

「俺たちから情報が洩れるなんてことは、あり得ないんだ」

「それをこれから調べる。まず、係長のあんたから話を聞くことにしようか」

「それは断れないんだな？」

「普段あんたらは、任意と言いながらほぼ強制的な捜査をしているだろう？」

「それが刑事ってもんだ。相手はしたたかな犯罪者なんだよ」

「法を守らなければ、あんたも犯罪者になる。さあ、どこか落ち着いて話ができる場所を貸してもらおう。取調室でもいいが……」

刑事が取調室で尋問されるなど、冗談じゃないと、八雲は思った。犯罪者を心理的に追い詰めるために、窓も時計もない部屋だ。そこに閉じ込められたら、時間の感覚がなくなってしまう。

普段は被疑者を落とすことしか考えていないが、いざ立場が逆になったら自分は耐えられないんじゃないかと、八雲は思った。

浜崎が言った。

「小会議室を押さえます」

笹本がうなずく。

「いいだろう」

日下部が警務課に電話をして、すぐに使えることを確認した。諸橋係長が城島に言った。

「俺がいない間、頼むぞ」

「任せてくれ」

笹本と諸橋係長がいなくなると、浜崎が言った。

「笹本のやつ、まさか本気じゃないでしょうね」

城島がこたえる。

「あいつはいつも本気だよ」

「俺たちより若いくせに、でかい顔しやがって……」

「え……」

倉持が言った。「若いんですか?」

「ああ、おまえと同じ……。あるいはもっと若いかもしれない。それで警視だからな」

「さすがキャリアですね」

「黙っていりゃすぐに本部の管理職か、警察庁に行けるものを、自ら志願して監察官になったという変わり種だよ」

「順番に話を聞かれるんですよね。いろいろと確認しておかなくてだいじょうぶですか？」

倉持の言葉に、浜崎が目をむく。

「口裏を合わせろってのか。犯罪者じゃあるまいし、そんな必要はねえよ。事実をありのままにしゃべればいいんだ」

城島が言った。

「浜崎の言うとおりだ。何もびびることはない。川森に情報を洩らしていたんなら別だがな……」

浜崎が城島に言った。

「川森の件、続行するんですね？」

「まだ、本部の組対からは何も言ってこないが、情報漏洩の疑いが晴れるまで、俺たちは捜査から外されるんじゃないかね？」

「そりゃ、ありがたいですね」

「気をつけなよ。そういうの、笹本に聞かれないようにしないと……」

それから順番に話を聞かれた。一人、ほぼ一時間といったところだ。

八雲に順番が回ってきたのは、終業時刻間際だった。

会議室に笹本と向かい合って座ると、さすがに落ち着かない気分になる。城島が言ったとおり、事実をありのままに話せばいいとわかってはいるのだが、それがちゃんとできるか不安になってくる。

笹本が質問を始める。

捜査の経緯を尋ねられ、八雲はできるだけ正確に何をやったかをこたえた。主な任務は行動確認だ。川森を尾行して、どこに立ち寄るか、どんな人物と会うかなどを、事細かに調べるのだ。

自宅の張り込みもやった。

「……それで、川森本人と接触したことは？」

「一度もないですね」

「連絡を取ったことは……？」

「県警本部と合同で捜査するときは、自分らパシリみたいなもんですよ。重要なところは、県警本部の組対がやりますからね」

「パシリと言ったが、つまりそれは末端で捜査しているということだろう。川森本人と接触する機会もあったんじゃないのか？」

「自分ら、触るなと言われていましたから、触っていません」

それから、ねちねちと同じような質問を繰り返し受けた。

なるほど尋問される側というのは、こういう気分なんだな。八雲はそんなことを思った。

やってないことでもやったと言ってしまう被疑者がいるが、その気持ちがわかるような気がする。

「ところで……」

笹本が言った。「あんたは、暴対係に向いているとは思わないんだが、自分ではどう思っている？」

「他人がどう思おうが勝手ですが、自分は気に入ってますよ」

「IT関係に強いんだろう？　サイバー犯罪対策課なんかのほうが向いているんじゃないのか？」

「暴対係にいなければ、そっちに行きたいと思ったかもしれませんね」

「例えば、浜崎なんかは、諸橋係長や城島係長補佐に心酔しているようだが、あんたはそうじゃないだろう。ああいう乱暴な連中とは違うと思うが……」

「何が言いたいんです？」

「君が望むなら、サイバー犯罪対策課に引っぱってもいい」

「それって、県警本部に行けるってことですか？」

「そうだ。本部の生安部に行ってもらってもいいと思っている」

「悪い話じゃないですね」

「そこで、相談だ」

「何でしょう？」

「みなとみらい署暴対係のことについて、細かく報告してもらいたい」

「細かく報告……」

「特に、係長の諸橋について、その動向を詳しく知りたい」

「なぜです？」

「諸橋係長を問題視している県警幹部もいる。これまで何度か、問題点について指摘したことがあったが、彼は態度を変えない」

「処分したいということですか？」

「必要ならそうする。だが、基本的には諸橋に、改めるべきところは改めてもらいたいと思っているだけだ」

「つまり、自分にスパイをやれと言ってるわけですね？」

「人聞きが悪いな。私は事実を知りたいだけだ」

「自分に選択肢はあるんですか？」

「もちろんだ。命令できるようなことじゃない」

「考えさせてもらいます」

八雲が言うと、笹本はうなずいた。

「なるべく早く返事がほしい」

「わかりました」

「以上だ。次に日下部を呼んでくれ」

八雲は立ち上がり、小会議室を出た。

暴対係に戻ると、八雲はまっすぐに諸橋係長のところに行った。

諸橋が尋ねる。

「どうした？」

「笹本に、スパイになれと言われたのですが、どうしましょう」

諸橋は、無言でしげしげと八雲の顔を見た。

そりゃあ、驚くよなあ。八雲はそう思いながら、諸橋を見返していた。

諸橋の代わりに、隣のソファの城島が言った。

「スパイって、係の内情を知らせろってこと？」

「そうです」

諸橋が尋ねた。

「それは川森に情報を洩らしたかどうかについて、なのか？」

「そうではなく、特に係長の動向が詳しく知りたいと言ってました」

諸橋係長が言った。

「笹本のやつは、どうしても俺を処分したいようだな」

城島が言う。

「どうかね……。逆かもしれない」

「逆って、どういうことだ？」

「あいつはけっこう、おまえのことを気に入ってるんじゃないかと思うよ。県警本部じゃおまえのことを煙たがっているやつらがいる。そういう連中からおまえを守ろうとしているのかもしれない」

「まさか……」

諸橋係長が吐き捨てるように言った。「あいつが俺を守ろうとしているなんて、あり得ない」

「まあ、さんざんつきまとわれているおまえとしては、そう言いたいのは山々だろうけどね」

「それで……」

八雲は言った。「自分はどうしましょう？　スパイする振りをして、二重スパイをするという手もありますが……」

城島が尋ねた。

「何か交換条件があったの？」

「本部のサイバー犯罪対策課に引っぱってくれると……」

「悪い話じゃないね。そっちに行きたいのか？」

「いいえ、自分はここが気に入っていますから……」

諸橋係長が意外そうに言った。

「それは本音なのか？」

「もちろんです」

意外そうな顔をされるのが心外だった。

城島が言う。

「なら、断ればいい。二重スパイなんてややこしいこと、考えなくていいよ」

「わかりました」

八雲は言った。「あ、日下部。笹本が呼んでいた」

「それ、早く言ってくださいよ」

日下部はすぐさま立ち上がり、小会議室に向かった。

席に戻ると、倉持がそっと言った。

「おまえ、よくスパイの件を係長に報告できたね。俺なら、迷うよなあ……」

「それが嫌なんですよ」

「迷うのが？」

「そうです。あれこれ考えるくらいなら、上司に報告しちゃったほうがいいです。上司はそのためにいるんでしょう」

「俺はおまえみたいに割り切って考えられないよ」

八雲は肩をすくめた。

簡単なことじゃないか。みんなどうして自分だけで考えようとするんだろう。一人で抱え込んで悩むような事柄は、考えても結論が出ないようなことばかりだ。

それなら、判断を下せるような立場の人に相談したほうがいい。ホウレンソウは伊達《だて》じゃない。報告・連絡・相談。これで物事の多くは解決できるのだ。

諸橋係長が言った。

「笹本にすっかり時間を取られてしまったな。今日は仕事にならなかった」

それに城島が応じる。

「まだまだ。俺たちのゴールデンタイムはこれからだよ」

二人は、今から夜の街のパトロールに出るつもりだろう。

上司が帰宅してくれないと、倉持も帰ろうとしないだろう。つまり、八雲も付き合わされるということだ。

浜崎が言った。

「日下部が戻るのを待って、俺も街に出ます」

諸橋が立ち上がった。

「じゃあ、一足先に出る」

城島も「よっこらしょ」と言いながら立ち上がり、二人は出ていった。

倉持が八雲に言った。

「さあ、俺たちも出かけよう」

やっぱり帰れないよなあ……。

八雲は小さく溜め息をついていた。

3

桜木町の駅前を通り過ぎようとしているときだった。八雲は見覚えのある男に気づいた。

「あそこにいるの、川森ですよね?」

倉持がそちらを見て言う。

「ああ、そうだ。間違いない」

「待ち合わせですかね?」

「まさか、こんな人通りの多いところで売買《バイ》じゃないだろうな……」

「わかりませんよ」

「だって、うちの管内で捕まったばかりだぜ」

「灯台もと暗しって言うでしょう。一度捕まって放免になったので、今は安全と考えているのかもしれないですよ」

「移動するぞ、尾行しよう」

「県警本部は、俺たちが情報を洩らしたって疑っているんですよ。へたに動くとまた何か言われますよ」

「放っておけと言うのか」

「そのほうがいいと思いますよ」

「そうはいかない」

「なら、係長に一報入れておいたほうがいいですよ」

「そうだな。おまえが電話してくれ」

八雲は、携帯電話を取り出して諸橋係長にかけた。呼び出し音四回で相手が出た。

「八雲です。桜木町駅の近くで、川森を見つけました。倉持さんは尾行しようと言ってますが、どうしましょう」

「尾《つ》けろ」

諸橋係長は一瞬たりとも迷わなかった。「浜崎たちと連絡を取って、俺たちも合流する」

「もう自分らの仕事じゃないような気がするんですがね」

「おまえは一言多いんだよ。犯罪者がいるなら検挙する。それが俺たちの仕事だ」

「わかりました」

八雲は電話を切り、言った。

「尾行しろということです」

倉持はすでに尾行の態勢に入っている。

「係長なら当然そう言うと思った。行くぞ」

川森は、日本丸の信号のほうに向かった。そのまま道路を横断して、日本丸メモリアルパークのほうに進む。

八雲は再び諸橋係長に電話をして告げた。

「川森は日本丸の公園に向かっています」

「了解した。尾行を続けろ。こちらは、浜崎たちと合流した。公園に向かう」

日が落ちても、日本丸メモリアルパークには、ちらほらと通行人の姿が見られる。カップルも少なくない。

川森が、立ち止まった。携帯電話で誰かと連絡を取り合っているようだ。

倉持が言った。

「売買《バイ》かもしれないな」

「現場を押さえれば現行犯逮捕でいけますね」

「係長の指示を待とう」

今度は係長から電話がかかってきた。

「はい、八雲」

「こちらも二手に分かれて、川森を監視している。浜崎たちも彼を視認している。このまま電話を切らずに、指示を待て」

「了解しました」

しばらくすると、一人の男が川森と接触した。若い男だ。髪が長く、ひょろひょろに痩《や》せている。見るからに、覚醒剤の常用者だ。

「見ているか?」

諸橋係長の声がした。八雲はこたえた。

「はい。誰かが接触しました」

「二人とも身柄を押さえるぞ。俺の合図で確保だ」

「了解しました」

それを倉持に伝える。倉持が言った。

「いつでもオーケーだ」

瘦せた男が金を手渡す。それを受け取った川森がポケットに手を入れる。

「今だ」

諸橋係長の声がする。

八雲は倉持に伝える。

「合図です」

倉持が木陰から飛び出した。八雲は携帯電話を手にしたままそれを追う。

向かい側から浜崎と日下部が、左手の方角から諸橋係長と城島が現れる。

浜崎が川森と瘦せた男に声をかけた。

「ちょっといいですか」

道を尋ねるような何気ない口調だ。瘦せた男はぼんやりと立ち尽くしている。だが、川森はすぐに事情を悟ったようだ。彼は、即座に逃走を試みた。

彼は、八雲たちのほうに走ってきた。

倉持がその行く手を遮《さえぎ》ろうと立ちはだかった。川森は走る勢いをそのままに体当たりしようとしている。活路を開こうというのだ。

どう見ても倉持が弾《はじ》き飛ばされそうに見える。だが、八雲はまったく心配していなかった。手錠を出して確保にそなえる。

川森が倉持にぶつかった。

次の瞬間、宙を舞っていたのは川森のほうだった。相手の力や勢いを利用して投げるのが合気柔術だということだ。

川森はもんどり打ってアスファルトの地面に転がる。それを八雲と日下部が押さえた。八雲が手錠をかける。

そして、大声で告げた。

「身柄確保しました」

すでに瘦せた男のほうは諸橋係長と浜崎が確保している。

城島が言った。

「応援のパトカーが来るから、身柄を署に運ぶよ」

浜崎が尋ねた。

「パトカーが来るまで、身体検査でもしてますか?」

「いや」

諸橋係長が言った。「何もせずに身柄だけを運ぶんだ」

なるほどな、と八雲は思った。

川森の身柄を確保したという知らせで、本部の大石係長がみなとみらい署に飛んで来た。

「何で勝手なことをやってるんだ」

それが第一声だった。

諸橋係長は落ち着き払ってこたえた。

「係員がパトロールしていて、たまたま見かけたんだ。尾行したら、売買をする様子だった。だから、その場を押さえた」

「どうしてこちらに連絡がなかったんだ？」

「そんな暇はなかった。だから、こうして確保した後に、すぐ連絡したんだ」

「手柄がほしかったのか？」

「何だって？」

「だから独断専行したんだろう」

諸橋係長はしかめ面をして言った。

「手柄なんてほしくない。二人とも身柄は持って行ってくれ。確保してから手を触れていない」

「二人とも……？」

「売買の現場を押さえたんだ。買い手のほうも検挙するさ」

大石係長がトーンダウンした。

「確保してから手つかずというのは本当だな？」

「本当だ。しっかり監視もつけてある。証拠湮滅《いんめつ》は不可能だ」

「わかった。では、二人の身柄を県警本部に移す」

諸橋係長は無言でうなずいた。


川森のポケットから、ビニールのパッケージに小分けされた覚醒剤、いわゆるパケが発見されたという知らせが、暴対係に届いたのは、翌日の昼過ぎだった。

その知らせがあってから、一時間ほど経った頃、また笹本が暴対係にやってきた。

諸橋係長が彼に言った。

「川森は身柄確保された。そして、その身柄を県警が持っていった。まだ何か用なのか？」

「あんたらが、川森の身柄を確保したことを、怪しむ声がある」

「怪しむ声？　どういうことだ？」

「県警主導の身柄確保《ガラトリ》を、情報漏洩によって失敗に導き、その後、自分たちで身柄を押さえた、という見方だ」

　諸橋係長が失笑する。

「それで俺たちに何のメリットがあると言うんだ？」

「自分たちの手柄にしようと思ったというのが、その連中の言い分だが……」

「冗談じゃない。川森とその客らしい男の身柄は、手つかずで県警本部に差し上げたんだぞ」

「わかっている。だから……」

　笹本は、少しばかり苛立ったような様子で言った。「私はそういう意見をひねり潰《つぶ》してきたよ」

「ひねり潰した……？」

「あんたらにかかっていた漏洩疑惑も晴れた。どうやら、県警本部の末端から洩れたらしい」

「本部の末端？」

「薬物犯罪対策係の捜査員からだ。正式に報告する前に、あんたに知らせておこうと思ってな」

諸橋係長は何も言わなかった。

笹本は続けて言った。

「大石係長から、謝罪と礼の言葉があってもいいと、私は思うが、おそらくそういうものはないだろうな」

「わかっている」

諸橋が言うと、笹本はうなずいて踵《きびす》を返した。

八雲は、立ち上がり、去って行く笹本のあとを追った。

廊下に出ると、八雲は笹本に言った。

「スパイの件ですが……」

笹本は立ち止まり、振り返ると渋い顔になった。

「スパイなんかじゃないと言っただろう。事実を知りたいんだ」

「お断りしたほうがいいと思います。自分は諸橋係長を裏切るようなことはしたくありませんので……」

笹本は、しばらく考えていたが、やがて一言、「そうか」と言った。歩き出そうとする笹本を、八雲は再び呼び止めた。

「あの……」

「何だ？」

「笹本監察官は、諸橋係長を処分したいと考えているのですか？」

「どうかな……」

「実は、処分したいのではなく、処分しようとしている人たちから、係長を守ろうとしているのだという人もいます」

「ほう……」

「もし、その人の言うとおりだとしたら、監察官も係長も、妙な意地を張っているとしか思えませんが……」

笹本は、ほほえみを浮かべて言った。

「私は監察官だ。言えるのはそれだけだよ。あんたが県警本部に来てくれなくて残念だよ」

「ええ」

八雲は言った。「暴対係が気に入ってますから」

笹本はほほえんだまま背を向けて歩き去った。

大義

1

「本部長がお呼びだ」

総務課の本部長秘書担当から、笹本康平あてにそういう内線電話があったのは、昼休みを終えてすぐのことだった。

笹本はすぐに本部長室に向かった。総務部総務課の奥にある本部長室のドアは開け放たれていた。

その戸口の前に、本部長秘書担当がおり、すぐに笹本を招き入れた。

「よう。忙しいとこ、悪いね」

横浜港とその向こうの東京湾を見渡す大きな窓の脇に置かれた机の向こうで、佐藤《さとう》実《みのる》本部長が右手を挙げた。

笹本は机の前で気をつけをしていた。

本部長からの呼び出しなど、悪いことに決まっている。笹本はそう思っていた。

背後でドアが閉まる音がした。秘書担当が閉めたのだろう。彼は部屋の外におり、今や室内にいるのは佐藤本部長と笹本の二人だけだった。

ますます嫌な予感がした。

「そんなふうにしゃちほこ張《ば》ってないで、楽にしてよ」

「はあ……」

真に受けるわけにはいかない。安心して姿勢を崩したら、そのとたんに叱責《しっせき》されるかもしれない。そういうトラップを仕掛ける上司は珍しくない。

佐藤本部長は席を立ち、机の前にある応接セットのソファに腰を下ろした。

「こっち来て、座ってよ」

本部長室でソファに座ったことなどない。この応接セットは来客用であって、部下のためのものではない。

どうしていいかわからず、立ち尽くしていると、佐藤本部長がさらに言った。

「何してんの。いいから、こっちに座ってよ」

「はい」

佐藤本部長は赴任《ふにん》して間もない。笹本は彼のやり方がまだよくわかっていなかった。ここは、言うとおりにしたほうがいいのかもしれないと考え、テーブルを挟んで本部長の向かい側に浅く腰を下ろした。

佐藤本部長はリラックスした姿勢だ。

「キャリアなんだろう？　なんで監察官なんてやってんの？」

「ご存じのとおり、神奈川県警といえば不祥事、と言われるほど、評判がよろしくありません。それを少しでも正そうと思いまして……」

「いいねえ。その志《こころざし》はおおいに買うよ。俺もさ、不祥事についちゃ何とかしなけりゃならないと思っている。ついては、監察官室の力を借りなきゃならないと考えているんだ」

「はい」

「俺はさ、特に神奈川県警だけに不祥事が多いとは思ってないんだ。マスコミの注目度が高いんで、表沙汰《おもてざた》になることが多いんだと思う」

「そうかもしれません」

　相手の意図がまだわからないので、へたに反論はできない。

「そのこと自体はさ、悪いことじゃないと思うよ。悪いことが明るみに出るのはな。でもさ、印象が悪いじゃない。なんか、神奈川県警全体が悪者みたいで」

「おっしゃるとおりだと思います」

「特に何か気になること、ない？」

「特に、ですか……」

「あんたが特にマークしているところがあるって話を聞いたんだけど……」

「職務上、いろいろとマークしているところがあります。どれのことでしょう」

佐藤本部長は笑った。

「隙《すき》がないねえ……。キャリアらしくていいよ。けどね、俺には気を許してもいいんだよ。まあ、すぐに信頼しろと言っても無理だろうけどね」

「もちろん信頼はしております」

「みなとみらい署の暴対係だよ」

「は……？」

「だからさ、シラを切ることはないんだよ。マークしてるんだろう？」

「たしかに、係長の諸橋警部は、何かとやり過ぎることがありますので……」

「俺もその話を聞いてさ、ちょっと気になっていたんだ」

「諸橋係長のことが、ですか？」

「何でも、常盤町あたりのマルBとよくつるんでいるという話じゃないか。そういう癒着《ゆちゃく》は、マスコミの恰好の餌食《えじき》になる」

マルBは暴力団のことだ。常盤町あたりのマルBというのは、神風会の神野義治のことだろう。

今時珍しい昔気質《むかしかたぎ》のヤクザだ。子分は代貸《だいがし》の岩倉真吾一人だけという弱小の組だ。

さらに珍しいのは、どこの広域団体にも属していない一匹狼だということだ。

暴力団はたいてい、二次団体三次団体を持っており、小さな組はその傘下に入っているものだ。広域暴力団は、下部団体からの上納金で成り立っているのだ。だが、神風会はどこの団体にも加入していない。

笹本は言った。

「しかし、神風会は指定暴力団ではありません」

「ヤクザなんだろう？」

「それはそうですが……」

「問題は、神風会が実際にどういう団体かということではなく、マスコミや国民の眼にどう映るか、なんだよ。そうじゃないかい？」

「はあ……」

「それにさ、警察がヤクザとつるんでちゃ、やっぱりまずいよな」

「マル暴には情報源が必要だと思います」

「マル暴に限らず、どの部署でも情報源は必要だよ。特に公安なんかはね。でもね、相手がヤクザとなると、利用しているつもりで利用されている、なんてこともある。

そうだろう」

この本部長は、なかなか世の中のことがわかっている。笹本はそう感じた。もちろん警察官僚は誰でも、犯罪や反社会的な連中についての知識は持ち合わせている。だが、それを実感できている者はそれほど多くはないのが実情だ。

「みなとみらい署の暴対係に神風会との付き合いを止《や》めさせればよろしいのですね」

「いや、そう先走らないでよ。俺はさ、知りたいんだよ」

「何をお知りになりたいのですか?」

「諸橋係長ってのは、『ハマの用心棒』なんて呼ばれていて、けっこう実績を上げているんだろう?」

「そうですね。それは認めなければならないと思います」

「マルBには容赦ないと聞いたよ」

「はい」

「それなのに、どうして神風会だけ特別扱いなんだ?」

「付き合いが長いのだと思います。それに、繰り返しますが、神風会は指定暴力団ではなく……」

「調べてくれよ」

「は……？」

「諸橋係長が、どうして神風会だけ特別扱いなのか……。そして、俺が納得いくような説明をしてくれ」

　本部長に言われたら逆らえない。

「了解しました」

　笹本はそうこたえるしかなかった。

　監察官室に戻ると、何やら少しばかり慌《あわ》ただしい雰囲気だった。笹本は先輩に当たる監察官に尋ねた。

「何かありましたか？」

「傷害事件だ。被害者が病院に搬送《はんそう》された」

　部署内の雰囲気からして、ただの傷害事件ではなさそうだった。

「犯人は？」

「逃走した。今組対本部が行方を追っている」

「組対本部が？」

「ああ。被害者も加害者もマルBなんだ」

それで、組織犯罪対策本部が担当しているということだ。

「所轄《しょかつ》は？」

「みなとみらい署だ。管内の路上で事件が起きた」

みなとみらい署の暴対係の事案とは、なんとタイムリーなのだろう。そう思いながら、笹本は席を立って、エレベーターに向かった。

諸橋係長を訪ねてみるつもりだった。

彼が自分のことを嫌っているのは承知の上だ。まあ、彼の行動に対して何かと口出しをするので、うるさがられるのは当然だろう。

嫌われようがうるさがられようが、黙っているわけにはいかない。諸橋係長と、彼の相棒の城島係長補佐には、誰かがブレーキをかけなければならないのだ。

でないと、彼らはいつか痛い目にあいかねない。懲戒《ちょうかい》免職になるかもしれないし、さらには犯罪者となる恐れもある。

現場がきれい事だけでは済まないことは承知しているつもりだ。違法ぎりぎりの捜査がやむを得ないこともあるだろう。

だが、違法はいけない。結局、起訴の段階や裁判で損をすることになる。違法だということで、検挙そのものが無効になることもあるのだ。

そして、違法捜査をした警察官は処分されることになる。さらに、違法捜査や不祥事は警察の信頼そのものを損なうことになる。

それを防ぐために監察官がいるのだと、笹本は考えている。

黙っていれば、二、三年ごとにさまざまな職場を渡り歩き、やがて警察庁の幹部となるキャリアが、わざわざ監察官を志願したのは、我ながら物好きだと、笹本は思う。

本部長が「なんで監察官なんてやってんの」と尋ねるのも無理はない。

だが、やり甲斐のある仕事だと、笹本は思う。そして今のところ、異動の希望はない。警察内部の不正と戦うのは、自分の天職ですらあると思っている。警察の信頼を確立すること。それが笹本の警察官僚としての矜持《きょうじ》だ。

みなとみらい署暴対係について言えば、別に彼らが憎いわけではない。むしろ、その逆かもしれないと、最近思うことがある。

問題視しているのは確かだ。

監察官になりたての頃、諸橋の所業を耳にして笹本は怒りを覚えた。それから諸橋を徹底マークすることにした。そして、彼と関わることになったわけだが、時が経《た》つにつれて印象が変わっていった。

知れば知るほど、諸橋のやっていることが間違っているとは思えなくなってきたのだ。だが、法律や規則に抵触することがある。当初は処断するつもりでいたのだが、そのうちにはらはらしながら見守っている自分に気づいた。

別に情が移ったとか、洗脳されたとかいうことではない。おそらく、諸橋や城島のことを理解するようになったのだと、笹本は思った。

彼らなりに考えて行動している。そして、マル暴というかなり特殊な捜査が必要な世界で、彼らはうまくやっている。つまり、成果を上げているのだ。

そして、特に諸橋は暴力団の被害にあっている一般人を救おうとしている。暴力団に狙《ねら》われた者たちがどんな目にあうか、諸橋は知り尽くしているのだ。

彼が無茶をするときは、たいてい一般人が暴力団から被害にあっているときなのだ。それは、県警内でもなかなか理解されない。特に、現場をあまり知らず、法令遵守《じゅんしゅ》だけを心がけているような幹部連中は、諸橋に対して批判的になりがちだ。

それを知っているから、諸橋に少し控えろと言いたくもなる。だが、諸橋や城島がそれを理解するはずもない。嫌がらせをされている、くらいにしか思っていないだろう。

それは仕方のないことだと、笹本は思う。いじめているほうにその自覚がなくても、いじめられているほうは辛《つら》いものだ。

みなとみらい署の暴対係にやってくると、誰もいなかった。考えてみれば、みんな出払っていて当然だ。

出かける前に、連絡を取るべきだったと思った。

笹本は諸橋の携帯電話にかけてみた。呼び出し音五回で出た。

「はい、諸橋」

「笹本だ」

「何だ？　今取り込んでいるんだ」

「わかっている。マルB同士の傷害事件だろう？　被害者は病院送りだって？」

「わかっているなら、電話なんかかけてこないでくれ」

「今どこにいるんだ？」

「どうしてそんなことを訊《き》く？　まさか、俺がまた監察の対象になっているんじゃないだろうな」

「無茶をしないように、張り付いていたいだけだ」

「あんたに現場の何がわかる」

「いいから、どこにいるか教えてくれ」

しばし間があった。どうすべきか迷っているのだろう。もし、諸橋がこたえなければ、刑事課長に訊きに行くまでだ。笹本がそう思ったとき、諸橋の声が聞こえてきた。

「被害にあったマルBが運び込まれた病院だ」

諸橋は、その病院の名を言うと電話を切った。みなとみらい署管内の病院なので、ここからそれほど遠くない。

笹本はその病院に向かった。

被害者が運び込まれた病室の周辺はものものしい雰囲気だった。制服を着た地域課の係員が行き来していたし、私服の警察官もいた。県警本部の捜査員に交じって諸橋と城島の姿があった。

近づいていくと、諸橋は露骨に嫌な顔をした。笹本はそれにはすっかり慣れっこになっていた。今さら歓迎されようなどとは思っていない。

「たまげたな」

城島が笹本に気づいて言った。「おい、係長。あんた、また何かやったのか?」

諸橋は何も言わない。城島の軽口に付き合うつもりはないらしい。

笹本は言った。

「様子を見に来ただけだ。被害者の容態はどうなんだ？」

城島が言った。

「なんで、監察官のあんたが、マルBの心配をするわけ？」

「心配しているわけじゃない。どういうことになっているのか、知りたいだけだ」

「ぴんぴんしてるんだ」

「病院に運ばれたんだから、ひどい怪我なんじゃないのか？」

「やつらの手なんだよ。病院に運ばれたという事実と医者の診断書が必要だ。それが強みになる。場合によっては金を生むんだ」

「恐喝のネタに使うというのか？」

「交渉材料にはなるだろうな。あるいは、大義名分か……」

「大義名分？」

「仕返しをするためのな。やられたらやり返すってのが、マルBの世界の掟《おきて》だ。泣き寝入りは絶対にしない」

諸橋が補足するように言った。

「報復したら、またその報復がある。そして、報復合戦はエスカレートしていく」

笹本は言った。

「まさか抗争事件に発展するんじゃないだろうな」

城島がこたえた。

「そのまさかがあり得るから、みんなぴりぴりしてるんだよ。被害にあったのは、真《ま》木瀬《きせ》組って暴力団の組員で、石本和馬《いしもとかずま》ってやつだ」

「真木瀬組……?」

「組長の真木瀬は田家川《たけがわ》の舎弟だった。つまり、田家川組の枝だ」

「坂東連合相声会傘下ということだな?」

「へえ……。監察官なのに、マルBのことにも詳しいんだ」

「私も警察官だからな。それで、加害者のほうは……?」

「兼高博《かねたかひろし》、二十八歳。被害者の石本は二十五歳だから、まあ似たような年齢だな。世間じゃ二十五歳や二十八歳なんて若造だが、不良の世界ではいっぱしのワルだよ」

「加害者もマルBだということだが……」

「こっちは関西系だ。直参《じきさん》の茨谷興吉《いばらやこうきち》の舎弟で、名田康一《なだこういち》というのがいる。兼高はその名田組の構成員だ」

「関西……。収監されている羽田野《はたの》と関係あるのか?」

羽田野は、関西系の橋頭堡《きょうとうほ》として横浜に進出してきた。市内にハタノ・エージェンシーというフロント企業を持っている。

「茨谷と羽田野は親戚筋だが、今回の出来事が羽田野と関係あるかどうかはわからない」

笹本はしばし考えてから言った。

「羽田野が刑務所に入って動けなくなったので、関西が新たな勢力を送り込もうとしているんじゃないのか？」

城島が諸橋を見た。意見を求めたのだろう。諸橋が笹本に言う。

「いずれにしろ、あんたには関係のないことだ」

「私も神奈川県警の警察官だ。横浜で抗争事件が起こるかもしれないとなれば、無関係とは言えない」

「俺たちに任せておけばいいんだ。あんたの出る幕じゃない」

「そういう言い方をされると、嫌でも首を突っこみたくなる」

「迷惑な話だ。いいから本部に戻って、仲間に縄をかける計画でも練っていろよ」

「いや、しばらくここにいることにする」

諸橋はうんざりした表情になり、城島に言った。

「じゃあ、俺たちは行こうか」

笹本は尋ねた。

「どこに行くんだ」

「そんなことを、あんたに報告する義務はない」

「私もいっしょに行こう」

諸橋は驚いた顔になった。

「なんで、あんたが……」

「言っただろう。首を突っこみたくなったんだって」

2

諸橋が運転する車で移動した。助手席には城島がいて、笹本は後部座席に座った。

無線も赤色灯の装備もないので、この車は覆面パトカーではなく、自家用車だということがわかる。たぶん、諸橋の車なのだろう。

移動中も、城島が電話で誰かと連絡を取り合っている。相手はおそらく部下の浜崎だ。

城島は、市内の暴力団の様子を調べているらしい。特に、被害者と関係のある相声会傘下の組織の動向を気にしているようだ。

　笹本は城島に尋ねた。

「何か目立った動きがあるのか？」

「目立った動きなんてあったらたいへんだよ。それってつまり、抗争ってことだからね」

「報復合戦が抗争に発展する……。そう読んでいるんじゃないのか？」

　すると、ハンドルを握る諸橋が言った。

「横浜で抗争など起こさせない」

　笹本は諸橋に言った。

「意気込みは買うが、何か方策があって言ってるのか？」

「あんたに関係ない」

　嫌われているのは承知の上だとしても、いい加減、腹が立ちもする。

「私は別に、あんたの邪魔をしようというんじゃないんだ」

「俺たちについてくるなんて、それだけで充分迷惑なんだ」

「仕事ぶりを見せてもらおうと思っているだけだ。報復合戦を『ハマの用心棒』がどうさばくのか……」

「俺は、そう呼ばれるのが嫌いなんだ」

「そうなのか？　気に入ってるのかと思った」

いつしか車は常盤町にやってきていた。諸橋は、車をコインパーキングに入れると、無言で降りた。城島もまったく同じ行動を取った。

笹本が尋ねた。

「どこへ行く気だ？」

「わかって訊いてるんだろう？」

城島がこたえた。

「確認したいんだ」

諸橋が言う。

「ついてきてくれと頼んだわけじゃないんだ。黙っていてくれ」

「そうはいかない。あんたらと、神風会の癒着についちゃ、問題視する声も少なくない」

諸橋が立ち止まった。それに気づいて、城島も立ち止まる。

諸橋は笹本を見据えていた。

「癒着ってのは、どういうことだ」

「刑事とヤクザがつるんでいるんだ。当然、批判も出る。暴対法や排除条例で、一般人には暴力団員との関わりを禁じておいて、警察官が親しくしているのは、問題じゃないか」

諸橋の眼が怒りのために光っている。笹本は、さすがにたじろぐ思いだった。諸橋が言った。

「俺は親しくしているつもりはない。神野は情報源だ。捜査員が独自に情報源を持つのは、普通のことだ」

「それはわかっているつもりだ。だが、批判的な声があることは確かなんだ。だから、身辺に注意しないと……」

城島が笹本に尋ねる。

「いったい、誰が問題視しているって言うの？」

笹本はこたえに窮《きゅう》した。問題視しているのが本部長だということは、言わないでおいたほうがいいと思った。

「具体的に誰と言うことはできない。そういう意見があるということだ」

諸橋は再び歩き出した。歩きながら言った。

「言わせておけばいい」

笹本は心の中でつぶやいた。

相手が県警本部長だと知っても、そんなことを言っていられるかな……。

やがて、神野の自宅に到着した。ビルの谷間に、ぽっかりと古風な日本家屋が顔を出す。板塀に格子戸のついた門。その周辺はきれいに掃《は》き清められている。

諸橋と城島は格子戸を開けて玄関に進む。笹本は門の外に立っていた。彼らといっしょに神野と会うのがはばかられた。ここまで来たら会おうが会うまいが同じことだが、何となく会ってはいけないような気がしたのだ。

しばらくすると、玄関のほうから、快活な声が聞こえてくる。

「こりゃ、お二人おそろいで……。さ、どうぞ、お上がりください」

諸橋の声がした。

「いや、ここでいい」

「そうおっしゃらずに……」

「外で一人待っている。だから、今日はここでいい」

「そうですか……。わかりました。それで、どんなご用で？」

そこから諸橋は声を落とした。神野の声も低くなる。門の外にいる笹本には、彼らの話の内容がまったくわからなかった。

どんな話をしているのかを知るためには、笹本も門をくぐり、玄関に近づく必要がある。だが、そうなると笹本も神野と接触したということになってしまう。

その場を動かずに、待つことにした。神野と会って二十分ほど経った頃、諸橋と城島が戻ってきた。彼らは、笹本には何も言わず、コインパーキングのほうに歩き出した。

笹本は、二人のあとを追い、尋ねた。

「何を話していたんだ？」

彼らはふり向きもしない。城島が前を向いたまま言った。

「世間話だよ」

「傷害の被害者がいる病院を抜けだし、わざわざ常盤町まで来て世間話か？」

「そうだよ」

「組対本部の連中やあんたたちの部下は、必死で相声会の真木瀬組や、関西系の名田組の動向を追っているはずだ。なのに、あんたたちは常盤町にやってきた。他の捜査員とまったく違う行動を取る理由を知りたいんだ」

諸橋と城島は無言だ。

やがて三人はコインパーキングにやってきた。城島が助手席に乗り込み、諸橋が料金精算をする。二人は終始無言だ。

どうせ話しかけても、ろくな返事がないだろう。笹本はそう思い、やはり無言で後部座席に乗り込んだ。

諸橋が運転席に座り、エンジンをかけた。車をコインパーキングから出すと、彼は言った。

「兼高博が行方をくらましている」

その言葉が、自分に向けられたものだと気づくまでしばらくかかった。笹本は言った。

「兼高博……。加害者だな」

「そうだ。彼を見つけることが急務だ。俺たちより先に、真木瀬組のやつらが見つけたら、手ひどい報復にあう。そうなれば、今度は名田組とそのバックにいる茨谷組が出て来て、真木瀬組の誰かを襲撃する」

「抗争に発展するわけか……」

「だからそうなる前に、兼高を見つける」

「それと、神野とどういう関係があるんだ?」

「神野の情報網はあなどれない。神風会のような弱小の組がどうしてどこの系列にも属せずに生き残っているかわかるか？」

「さあ……」

「顔の広さと細かな情報網のおかげだ。神奈川県内はおろか、全国のマルBの情報が神野のところに集まると言ってもいい。それを利用しない手はない」

「兼高の行方を神野がつきとめるということか？」

「それはわからないが、何かの情報をくれるかもしれない」

「あきれたな……。弱小暴力団の情報収集能力を警察が当てにしているということになる。県警の捜査能力を駆使《くし》すれば、神野の協力など必要ないんじゃないのか？」

「あんた、何もわかってないな」

城島が言った。「蛇《じゃ》の道は蛇《へび》って言葉、知らないのか？　極道の世界は閉じた世界なんだよ。中の情報は外には漏れない。だから、俺たちにはハトが必要なんだ」

ハトというのは情報源のことで、多くの場合、内通者だ。

笹本は、城島が言ったことについてしばらく考えていた。たしかに、暴力団の世界は一般人には理解できないことも多い。そして、彼らは秘密主義だ。

マル暴刑事たちは、それを探り出さなければならないのだ。利用できるものをすべて利用しなければ、成果を上げることはできないだろう。

笹本は諸橋に言った。

「どうしてそんな話を、私にする気になったんだ？」

諸橋が苦笑するのがわかった。

「あれこれ詮索《せんさく》されるくらいなら、話したほうがいいかもしれないと思ってな」

その言い方に愛想はないが、要するにちょっと歩み寄ってくれたということだ。それなら、こちらにもやりようはある。

「本部長なんだよ」

運転席の諸橋が聞き返してきた。

「何だって？」

「神野とあんたたちの癒着を気にしている声があると言っただろう。私は直接、本部長から調べるように言われたんだ」

「調べる？　何を」

「どうしてあんたらが、神野と付き合っているのかを……」

「だから……」

諸橋は、子供に言い聞かせるような口調になった。「神野は情報源だと言っているだろう」

「それだけじゃないだろう」

「何が言いたいんだ？」

「わからない。だから、私はこの眼であんたらと神野の関わりを確かめたいわけだ。でなければ、本部長に対してちゃんとした報告ができない」

城島が言った。

「そんなの、適当に報告しておけばいいじゃない」

「そんなことをしたら、結局本部長に理解してもらえないままになる」

城島が怪訝《けげん》そうな声を出す。

「どういうこと？」

「へたをすると、今後神野と接触できなくなる恐れもある。本部長は、県警内の不祥事に神経質になっているからな」

「別に俺たちが神野に会うのは、不祥事じゃないよ。捜査活動の一環だ」

「暴力団員と警察官が頻繁《ひんぱん》に接触していれば不祥事が起きてもおかしくはない」

諸橋が言った。

「下司《げす》の勘《かん》ぐりだ。神野との関係で、不祥事など起きるはずがない」

「問題はマスコミだよ。やつらは何を書くかわからない。事実でなくても、世間が騒げばそれは不祥事になる。本部長はそれを懸念しているんだ」

「だったら本部長に伝えてくれ。警察のやるべきことはマスコミの顔色をうかがうことじゃない。俺たちは、そのやるべきことをやっているんだ、と」

本部長相手にそんなことは言えない。どうしても伝えたいのなら、自分で言えばいい。

笹本がそう思ったとき、城島の携帯電話が振動した。

「はい、城島」と電話に応じ、「わかった」で締めくくった。電話をしまうと城島は諸橋に言った。

「事務所に集結していた真木瀬組の組員たちが、事務所をあとにしはじめたということだ」

「警察の監視を嫌って、別な場所に移動するということか？」

「いや、どうやらそうじゃないらしい。一度集まったが、散開したらしい」

「なるほど……」

諸橋は、それきり口をつぐんだ。城島も何も言わない。

やがて車はみなとみらい署にやってきた。駐車場に車を入れると、諸橋と城島は暴対犯係に向かった。

彼らの無言の行動を理解できず、笹本は言った。

「おい、署に戻ってどうするつもりだ」

諸橋は係長席に座り、城島はその脇にあるソファに腰を下ろした。笹本は立ったままだった。

諸橋が言った。

「どうしてそうやって、俺たちがやることにいちいち質問するんだ？」

「理解ができないからだ。黙っていようと思ったんだが、どうして署に戻ってきたのかが理解できない。被害者はまだ病院にいるし、そいつの組が不穏な動きを見せているんだろう？」

諸橋がこたえた。

「真木瀬組は、たしかに一時期剣呑《けんのん》な雰囲気だった。石本が名田組の兼高にやられたという知らせが事務所に入り、集合がかかったんだろう」

城島が補足するように言う。

「その段階では、一触即発の雰囲気だった。けど、その緊張が一気に消え去ったんだ」

笹本は尋ねた。

「事務所に集まった組員たちが、また散っていったということだな。名田組の誰かの姿を求めて街に出たということなんじゃないのか？」

城島がかぶりを振った。

「俺も一瞬、そう思ったんだけどね。どうやらそういうことじゃないらしい」

「そういうことじゃない？」

「事務所に集まった連中は、散開したんだ。帰っておとなしくしていろと、上の者に言われたんだろう」

訳がわからなかった。

「報復しようといきり立っているマルBたちが、それで黙って引きあげるとは思えない」

「黙っていたかどうかはわからないよ。文句を言ったり嚙《か》みついたりしたやつはいたかもしれない。でもね、結局は散開したんだ」

「どうして……」

諸橋がこたえた。

「間に入って収めたやつがいるんだろうな」

すると、城島がそれを補足した。

「いわゆるハイレベルな交渉ってやつだ」

「誰かが、真木瀬組と名田組の間に入って話をつけたということか？　いったい誰が……」

そこまで言って、笹本は思い当たった。「神野か……」

諸橋と城島は何も言わずに、笹本を見ていた。笹本は言った。

「神野のところへは、兼高の行方を調べてもらうために行ったんじゃないのか？」

諸橋がこたえる。

「もちろん、それもある。兼高の身柄を取らないと、抗争事件に発展しかねないからな」

「傷害事件の犯人だから検挙したいわけじゃないんだな……」

城島が言う。

「ぶっちゃけ言うとね、マルB同士が喧嘩《けんか》したからって別にどうってことはない。やつら、喧嘩するのが仕事みたいなもんだし、怪我をしたからって気にするような連中じゃない。問題はさ、怪我することで報復の大義名分ができちまったってことなんだ」

さらに、諸橋が言う。

「俺たちの目的は抗争を防ぐことだ。そして、そのために何かできるやつがいるのなら、いくらでも利用する」

　笹本は尋ねた。

「神野は、それができるということなんだな」

　城島が言う。

「言ったろう。神野のとっつぁんの取り得は、顔が広いことだって」

「暴力団同士の抗争を止めるなんてことは、県警本部に任せておけばいいだろう。所轄の暴対係が考えることじゃない」

　諸橋はきっぱりとかぶりを振った。

「いや。それが俺たちの仕事だ。抗争事件になれば、一般市民が迷惑するんだ。マルBのせいで不安な生活を送らなければならないことになる。それを防ぐのが俺たちの仕事だ」

　城島が言う。

「毒も少量なら薬になることがある」

「それは、神野のことか？」

　城島ではなく、諸橋が言った。

「薬はさじ加減が難しいがな。医者や薬剤師はそれを知っている。彼らはその道のプロだ。そして、俺たちもプロなんだ」

諸橋の携帯が振動した。彼は電話に出てすぐに切ると、城島に言った。

「神野からだ。兼高の居場所を知ってそうなやつがいるということだ」

城島がうなずく。

「浜崎たちに急行させよう」

諸橋が電話をかけた。

諸橋と城島に対する理解がまた少し深まったと、笹本は思った。それと同時に、かすかな敗北感があった。自分はまだまだ彼らの表面しか見ていなかったという思いだ。

それから約一時間後、浜崎から兼高の身柄を確保したという知らせが入った。それを潮に、笹本は県警本部に引きあげることにした。


午後六時頃、笹本は県警本部に着いた。総務課のほうをうかがうと、まだ本部長秘書担当の姿があった。

笹本は彼に近づいて言った。

「今、本部長に会えるか？」

「そうだな……。五分くらいなら」

「充分だ」

本部長室を訪ねると、佐藤本部長は帰り支度をしている様子だった。笹本を見ると、気さくな調子で言った。

「よう、何だい」

「今日、暴力団員同士のいざこざがあり、へたをすると抗争に発展しかねない状況でした」

「ああ、聞いているよ。真木瀬組と名田組だろう?」

「傷害事件の加害者の身柄が確保されました」

「そいつはよかった。でも、依然として抗争の恐れはあるわけだよね?」

「抗争は回避できる模様です」

本部長の手が止まった。

「へえ……。そいつは確かかい」

「みなとみらい署の諸橋係長と城島係長補佐が、神風会を訪ねまして、組長の神野と話をしました」

佐藤本部長の眼光が鋭くなった。

「諸橋と城島が、神野に抗争を止めるように依頼したってこと?」

「そういう類《たぐい》の話をしたということです」

「警察官がヤクザに頼み事したっての？」

「あくまでも、情報収集の一環だったと思います」

「そいつは聞かなかったことにしたほうがいいかもな……」

「本部長がそうご判断されるのなら、私からは何も申し上げることはありません」

「でも、何か言いたそうだね」

「一つだけ……」

「聞こうじゃない」

「みなとみらい署の諸橋係長から、直接話をお聞きになることをお勧めいたします」

佐藤本部長はしばらく考えていたが、やがて言った。

「考えてみるよ」

その言葉は、話は終わりだということだと理解した。

「失礼します」

笹本は礼をして、出入り口に向かった。佐藤本部長の声が聞こえた。

「本当に、考えてみる」

笹本は、ふり向き、もう一度深々と礼をした。

表裏

1

常盤町の神野の家を訪ねると、先客がいた。出直そうかと思ったら、神野が言った。

「あ、これは、諸橋さんに、城島さん。ようこそいらっしゃいました」

諸橋は言った。

「お客さんのようだから、出直す」

「いや、こちらはそろそろお帰りですから……」

先客が言った。

「待ってください。ちゃんとしたご返事をいただいていないので、まだ帰るつもりはありませんよ」

「ですからね、私どもにはお話しするようなことはねえんですよ」

「やっぱり出直す」

諸橋がそう言ったとき、先客が振り向いて言った。

「みなとみらい署暴対係の諸橋係長と、城島係長補佐ですね？　お噂《うわさ》はかねがねうかがっております」

年齢は四十代半ばだろうか。ラフな恰好《かっこう》をしているが、どこかインテリ臭さを感じる。

城島が尋《たず》ねた。

「あんたは？」

彼は名刺を取り出して言った。

「フリーライターの増井治《ますいおさむ》といいます」

諸橋は、名刺を受け取ったがちゃんと見なかった。興味がないのだ。

城島が言った。

「へえ……。今どき、フリーライターなんかに仕事があるの？」

「なんか、ってのは失礼ですね。たしかに全体的に見れば仕事は激減ですけど、専門分野を持った人には仕事があるんです」

「専門分野？」

「そうです。他の人に真似できないようなものが書ければ、仕事に困りません。俺の場合は、こっち関係ですね」

彼は人差し指で頬に線を描いた。

神野が言った。

「話を聞かせろっておっしゃるんですが、話すことなんて、何もないんですよ」

諸橋は言った。

「まあ、そうだろうな」

すると、増井が言った。

「ご謙遜《けんそん》でしょう。横浜の任侠《にんきょう》団体については、神野親分ほど詳しい人はいないと聞いています」

「任侠団体……？」

城島が言った。「それって、暴力団のこと？」

増井が城島に言う。

「俺はその言い方が好きじゃないんですよ」

城島が言う。

「俺は、任侠団体なんて言い方は好きじゃない」

神野が言った。

「私も好きじゃないですね。なんだか、嘘《うそ》っぽい。本当の侠客《きょうかく》だったら、自分で任侠なんて言いませんせん」

増井が尋ねる。

「じゃあ、神野親分の神風会は何なのです？」

「ヤクザですよ」

諸橋は言った。

「やっぱり、出直したほうがよさそうだ。また来る」

神野が言った。

「何か、ご用があっていらっしゃったんでしょう？」

聞きたいことがあったのはたしかだ。だが、怪しげなフリーライターなんかがいては、話もできない。

「また、改めて話を聞きに来る。じゃあな」

諸橋は、城島とともに歩き出した。すると、なぜか増井がついてきた。

城島が尋ねた。

「あれ……。何か用？」

「方針転換です」

「方針転換？」

「神野親分に、いろいろと話を聞こうと思っていたけど、それよりもいい方法を思いついたってわけです」

「どんな方法？」

「『ハマの用心棒』といっしょにいれば、当然、任俠の人たちと関わりを持つことになるでしょう？」

「まあ、それが仕事だからね」

「取材させてもらいます」

諸橋は言った。

「断る。仕事の邪魔だ」

「知る権利がありますからね。勝手に同行させていただきますよ」

いっぱしのジャーナリスト気取りだ。それが腹立たしい。諸橋は増井のほうを見ないようにして言った。

「遊びじゃないんだ。怪我をするかもしれない。俺たちには近寄らないことだ」

「こっちだって、遊びじゃありません」

暴力団についての情報は、たしかに需要があるのだろう。いくつかの週刊誌は、その連中の機関誌とも言われている。詳《くわ》しく暴力団の動向が書かれているのだ。

そして、聞くところによると、そういった記事を書ける人は限られているのだという。増井は、その限られた人材の中の一人なのだろうか。それとも、その仲間入りをしたいと目論《もくろ》んでいるのだろうか。

おそらく後者だろうと、諸橋は思った。

すでにその道で稼《かせ》いでいるのなら、神野に直当たりするようなばかなことはしないだろう。神野は海千山千だ。フリーライターごときが太刀打《たちう》ちできるはずがない。

城島が言った。

「俺たち、署に戻るんだよ。署内には入れないからね」

それきり、諸橋と城島は増井を無視して歩きつづけた。やがて、みなとみらい署の玄関にやってきた。

「どうやら諦《あきら》めたようだね」

城島が言った。振り向いたが、増井の姿はない。

「どうかな」

諸橋は言った。「だといいが、ああいうやつらはしつこいからな」

係長席に戻ると、城島が脇にある来客用のソファに腰を下ろした。ここが彼の定席だ。

「せっかく、神野のとっつぁんに、五十田《いそだ》のことを尋ねようと思ったのに、無駄足になっちまったな」

城島にそう言われて、諸橋はうなずいた。

「捜査なんて、無駄足の連続だ」

城島が言ったのは、相声会傘下の五十田組組長の五十田恭次《きょうじ》のことだ。

去年上部団体から、暖簾《のれん》分けで自分の組を立ち上げた。四十五歳の武闘派だ。

「企業恐喝《きょうかつ》に脅迫、そして傷害……」

城島が言った。「悪いやつだからなあ。何としても挙げなくちゃね」

「だが、なかなか尻尾《しっぽ》を出さない」

それで、何か手がかりでもないかと思い、神野のところに足を運んだわけだ。もちろん、神野は、同業者を売ったりはしない。

そんなことをしたら、たちまち信用をなくす。ヤクザの世界で信用をなくしたら、シノギに影響するだけではない。場合によっては命に関わることもある。

だが、情報を引き出すことは不可能ではないと思った。これまでも、神野からは有力な情報をいくつも提供してもらっている。

「で……」

城島が言う。「これから、どうする？」

「いつものやり方だ」

「ええと……。やり方がいくつもあるんで、どれのことかわからない」

「まどろっこしいことは必要ない。本人に直接プレッシャーをかける」

「いいね」

諸橋は、浜崎に声をかけた。

「五十田に張り付いているのは誰だ?」

ダークスーツにノーネクタイ。白いシャツの襟元からは、金色のネックレスがのぞいている。暴力団員と見分けがつかない。その浜崎がこたえた。

「倉持と八雲です」

「事務所か?」

「そうです」

暴対法や排除条例の施行以来、暴力団が事務所を持つことができなくなった。五十田は、一軒家の自宅を事務所代わりにしている。

暴力団事務所としての実態があれば、使用禁止の仮処分申請などの手があるが、どうせいたちごっこになる。

事務所を追い出された暴力団員たちは、地下に潜《もぐ》る。事務所を使えなくしたところで、彼らがいなくなるわけではないのだ。

五十田は、自宅に友人知人が集まっているだけだと主張しており、今のところその言い分がまかり通っている。

諸橋は、浜崎に言った。

「移動するようだったら、すぐに教えてくれ」

「了解しました。そのように伝えます」

浜崎は頼りになる男だ。城島が係に引っぱったのだが、その人選に間違いはなかったと、諸橋は思っている。

その城島が言った。

「家でおとなしくしていてくれればいいのになあ。そうすれば、俺たちも早く家に帰れるわけだ」

諸橋は尋ねた。

「家に帰って、何かいいことがあるのか？」

諸橋も城島も独身だった。城島がこたえた。

「おまえと違って、俺はプライベートを楽しんでいるんだ」

「冗談だろう」

そんなはずはない。城島は仕事をしているときが一番活《い》き活きとしている。

「冗談なもんか。五十田なんかといっしょにいるより、自宅でネット配信の海外ドラマでも見ていたほうがずっといい」

「まあ、俺だってたまには早く帰りたい」

「だけど……」

城島は溜《た》め息をついた。「そうはいかないだろうね」

城島が言ったとおり、そうはいかなくなった。

五十田が移動するという知らせが、倉持から入った。行き先は、横浜駅西口あたりらしい。食事をしてから、どこかへ飲みに繰り出すのだろう。

城島が言った。

「五十田の行きつけのクラブなら、南幸《みなみさいわい》二丁目の『コーラル』だな」

彼の、この類《たぐい》の情報に間違いはない。

「じゃあ、先に行って待っているか」

諸橋が言うと、城島はうれしそうな顔をした。

「いいね。腹ごしらえをしてから出陣しよう」

諸橋と城島は、署の近くにあるおしゃれな台湾料理店に入り食事をした。頃合いを見て、西区南幸二丁目に移動し、クラブ『コーラル』を訪ねた。

開店したばかりで、客はまばらだ。飲みながら待つことにした。席に案内された城島が言った。

「ここの飲み代、経費にならないよな」

「無理だ」

「まあいいか……」

ホステスたちがやってきて、城島は心底楽しんでいるように見える。これが彼のいいところだ。どんなときでも楽しむことができるのだ。

三十分ほどすると、案の定、五十田がやってきた。手下を一人だけ連れている。ボディーガードを兼ねているのだろう。ガタイがよく、強そうなやつだ。

諸橋たちと席は離れていない。

「ちょっと挨拶《あいさつ》してくるか」

諸橋が言うと、城島がうなずいた。

怪訝《けげん》そうな顔をするホステスたちを席に残し、諸橋と城島は、五十田の席に向かった。

二人に気づいた五十田は、露骨に迷惑そうな顔をした。

「これは、諸橋さんに城島さん。こんなところでお会いするとは奇遇ですね」

「奇遇じゃないさ」

諸橋は言った。「あんたを待っていたんだ」

「おや、それは光栄ですね。……で、ご用件は？」

「世間話でもしようじゃないか」

「どんな世間話です？」

「そうだな。企業恐喝とかは、どうだ？」

ボディーガードが睨《にら》んできたが、諸橋は平気だった。相手がどんなに強かろうが、城島と二人で本気になれば何とかなる。

「俺はね、楽しく飲みたいんですよ。つまらない話はしたくないですね」

諸橋は言った。

「おまえが楽しく飲むなんて、俺は許せないんだ。どこかで飲んでいると聞いたら、必ず邪魔をしてやるから、そう思え」

「それじゃまるでヤクザじゃないですか」

「そうだ。おまえたちがやっていることを、おまえにもやってやろうと思ってな」

そのとき、背後から声がした。

「そりゃあないでしょう」

諸橋と城島は同時に振り向いた。

増井が立っていた。

城島が尋ねた。

「ここで何してんの？」

「言ったでしょう。取材させてもらうって」

「断ったはずだよね」

「これ、捜査じゃなくて、ただの嫌がらせですよね」

「取材は断ったはずだと言ってるんだ」

「令状もないのに、強制的な捜査をしていますよね。訴《うった》えたら面倒なことになりますよ」

諸橋は言った。

「五十田は刑事を訴えるようなばかなことはしない」

「じゃあ、俺が通報しますよ。監察に話をすることになりますね」

笹本監察官の顔が浮かんで、うんざりした気分になった。

五十田が言った。

「誰か知らないが、ありがたいことを言ってくれるじゃねえか」

増井が五十田に言った。

「もし、理不尽な扱いを受けているのなら、話してもらえませんか?」

「リフジンって、何だ?」

「理屈に合わない無茶なことです」

「ああ、そういうことなら山ほどあるな。あんた、何者だ?」

「ジャーナリストです」

「そうか。まあ、こっちに来て飲みな」

「はい。失礼します」

増井が五十田の近くに腰を下ろした。すぐにグラスが運ばれてきて、ホステスが、五十田のボトルでウイスキーの水割りを作った。

彼らは乾杯《かんぱい》した。

その間、諸橋と城島はずっと立ち尽くしていた。

諸橋は言った。

「五十田。まだ話は終わってないんだがな……」

「こちらのジャーナリストさんとの話のほうが楽しそうなんでね……。こちらさんが言うとおり、令状がなければ、俺に何も強制することはできねえんでしょう?」

「あ、俺は増井っていいます」

「おう、増井さんか。もう一度乾杯しようじゃねえか」

すっかり白けた気分になった諸橋は、城島に言った。

「おい、引きあげるとするか」

「そうだね」

勘定を済ませて『コーラル』を出た。

城島が言った。

「また、増井に邪魔されたな。公務執行妨害とかでパクっちまおうか」

諸橋は言った。

「放っておけ」

城島は肩をすくめた。

それから三日後のことだ。浜崎が諸橋に言った。

「増井ってフリーライターを知ってますか?」

「知っている。増井がどうかしたか?」

「五十田にくっついて歩いているようです。飲み屋とかの話によると、すっかり意気投合している様子だとか……」

その話を聞いていた城島が言う。

「意気投合だって？　お互いに利用価値があるってだけのことだろう」

浜崎が言った。

「そうかもしれませんねえ……」

諸橋は、係長席の脇のソファに座っている城島に言った。

「ちょっと気になるな。増井を見つけて、話を聞いてみようか」

「放っておけって言ったのは、おまえだよ」

「気が変わった」

「まあ、たしかにちょっと気になるな」

探すまでもなかった。

その日の午後、遅めの昼食を取ろうと、城島とともに署から出ると、そこに増井がいた。

城島が言った。

「まさか、俺たちを張り込んでいたんじゃないだろうな」

「そのまさかですよ」

「先日、五十田と会ったときも、俺たちを尾《つ》けていたってわけだな」

「お二人に興味がありましたからね」

「へえ。俺たちマルBじゃないよ」

「マルB?」

「暴力団員のことだよ」

「そのマルBに、諸橋係長はいつも容赦《ようしゃ》ない仕打ちをするということですね。それが、県警内でも問題になることがあるとか……。だから、警部なのに係長をやらされているという話もあります」

城島がにやりと笑った。

「そういうこと言って、係長を怒らせると怖《こわ》いよ」

増井は平然と言った。

「俠客にだって人権があるんですよ」

諸橋は言った。

「ヤクザになる時点で人権を放棄したようなものだ」

「ヤクザ、ヤクザと言いますが、博徒も神農《しんのう》系も、もともと日本人の生活の中に溶け込んでいたんです」

城島が鼻で笑う。

「いつの時代の話をしてるんだ」

「戦後だって、与党がヤクザを利用した事実があるじゃないですか」

「暴対法があるんだ」

諸橋は言った。「俺たちは、その法律に従って仕事をしている」

「だから、暴対法そのものが間違っているんですよ」

「いいか」

諸橋は言った。「一言だけ忠告しておく。ヤクザを信用するな」

「相手がヤクザだからって、何をしてもいいということにはならないんですよ」

諸橋は歩き出した。増井は置き去りだ。

城島が言った。

「話にならないな」

諸橋はこたえた。

「まったくだ」

2

それからも、増井が五十田といっしょにいるところを、係員たちが何度も見かけたようだ。

諸橋と城島が、夜の町でチンピラをとっちめているような場面に、増井が現れることもあった。そのたびに、彼は諸橋のやり方を非難するのだった。

あるとき、こんなことを言った。

「仕事にも就けない、そういう若い連中の面倒を誰がみるんです？　そういう若者を束ねる存在が必要でしょう」

城島が言った。

「そっちの立場に立てば、そういうふうに見えるもんだ」

「虐《しいた》げられる者の立場でものを見るべきです」

諸橋は言った。

「面倒なことはわからない。俺は悪いことをしたやつを検挙するだけだ。チンピラは一般市民に迷惑をかける。だから、俺たちが取り締まる」

「取り締まる前に考えることがあるんじゃないですか」

それに対して、城島が言った。

「五十田と飲み歩いているうちに、すっかり洗脳されたようだね。でも、係長が言ったろう。ヤクザを信用するなって」

「誰を信じようと、俺の勝手でしょう」

「好きにすればいい」

諸橋はそう言って、話を打ち切った。


それから、数日経《た》ったある日、浜崎が諸橋と城島に言った。

「増井ですが……。急に姿が見えなくなったんです」

諸橋は思わず聞き返した。

「姿が見えなくなった？」

「ええ。よく五十田といっしょにいるところを見かけたんですが、このところ、五十田とは行動を共にしていませんね」

諸橋は城島を見て言った。

「どういうことだろうな」

「飽《あ》きたんじゃない？」

「五十田にか？」

「いつまでも五十田だけに関わってはいられないだろう。いろいろなマルBに話を聞く必要があるはずだ」

諸橋は考え込んだ。

「そんな単純な話だろうか」

「おまえは心配性だからな……。世の中、単純に考えたほうがいい」

「そうかもしれない」

物好きなフリーライターにいつまでも関わっているわけにはいかない。

事件は次々に起きるし、片づけなければならない懸案事項もある。まずは、五十田だ。

それについて尋ねると、浜崎が表情を曇《くも》らせた。

「それなんですが、五十田の姿も、昨日あたりから見かけなくなったんです」

城島が言う。

「なんだい、そりゃあ……。事務所にはいるんだろう？」

「わからないんです。訪ねていっても、姿が見えないし、どこにいるか組員たちに訊《き》いても、知らないというこたえが返ってくるだけで……」

浜崎たち係員はみんな優秀だ。居場所を知らないと言われて、「はい、そうですか」と言うような連中ではない。

つまり、五十田は何かの意図があって姿をくらましたということだろう。

諸橋は言った。

「気をつけろ。何か目論んでいるかもしれない」

浜崎がこたえた。

「はい、わかっています」

そう。彼らならわかっているはずだ。そして、やるべきことをやる。諸橋は係員たちを信頼している。

城島が言った。

「おまえが気にしていたとおり、単純な話じゃないかもしれないな」

それからさらに三日が過ぎた。

机上の警電が鳴り、受話器を取った。

「はい。暴対係、諸橋」

「外線です。繋《つな》ぎます」

すぐに、電話が切り替わった。

「諸橋さんですか？　増井です」

驚いて聞き返した。

「増井？」

近くにいた城島が諸橋のほうを見た。

「そうです」

「どうした？」

「話があるんですが……」

「話せばいい」

「電話ではちょっと……」

なんだか、怯《おび》えている様子だ。

「五十田と何かあったのか？」

しばらく間があった。どうこたえるべきか、考えているのだろう。やがて、増井は言った。

「ええ。まあ、そういうことです」

諸橋は小さく溜め息をついてから尋ねた。

「今どこにいる?」

「自宅から電話してます」

「自宅はどこだ?」

「石川町《いしかわちょう》です」

話の様子だと、五十田とトラブルがあったようだ。そうなると、見張られているかもしれないと思った。

石川町二丁目にあるコンビニを知っているかと尋ねた。

「ええ、そこならわかります」

「買い物をする振りをして、そのコンビニに来るんだ。駐車場に車を駐《と》めて待っている。一時間後に来られるか?」

「一時間後ですね。わかりました」

電話を切ると、諸橋は城島に言った。

「捜査車両を何とかしたいんだが……」

「何とでもなるよ。任せてくれ」

その言葉どおり、城島はすぐに車を都合した。捜査車両など、事前に申請しておかなければ簡単に使えるものではない。警察は役所なのだ。

城島は時折、こういうことをやってのける。諸橋に言わせれば魔法のようだが、本人はただの人脈のおかげだと言う。

四十分後には、約束のコンビニに到着した。駐車場に捜査車両を駐め、増井を待った。

「来たぞ」

ルームミラーを見ていた城島が言った。

増井が徒歩でやってきて、車の脇を通り過ぎた。諸橋たちに気づいたはずだが、彼は立ち止まらず、コンビニに入った。

「警戒しているな」

諸橋が言うと、城島がうなずいた。

「見張りがいるかもしれない。様子を見ていよう」

不審な人物や車両は見当たらない。しばらくすると、増井がレジ袋をぶらさげてコンビニから出てきた。

諸橋のほうを見ている。諸橋はうなずいて見せた。合流してもだいじょうぶだという合図だ。

増井はすぐにやってきて、後部座席に滑り込んできた。

諸橋はエンジンをかけて、車を出した。城島が言った。

「シートベルト、してよね」

後ろから声が返ってくる。

「あ、してます」

「それで？　五十田と何があったんだ？」

返事がなかった。言葉を探しているのだろう。城島がさらに言う。

「何だよ。話があるから、係長に電話したんだろう」

ようやくこたえが返ってきた。

「脅《おど》されているんです」

城島が聞き返す。

「脅されている？　五十田にか？」

「そうです」

「なんだ、あんたら、仲よくやっていたんじゃないの？　しばらくつるんでいただろう」

「それは……」

「なに？　取材のためだとか言うわけ？」

「いえ……」

言い淀《よど》んでいる。しばらくして、小さな声で言った。「俺がばかでした」

「何だって？　聞こえないよ」

「ヤクザと親しくなって、いい気になっていた俺がばかでした」

「へえ、任侠団体とか侠客って言わないんだ」

諸橋は城島に言った。

「そういじめるな」

城島がさらに言う。

「よくいるんだよ。ヤクザと親しくなったことで、なんだか自分が特別な存在になったと勘違いするやつが……。ろくな目にあわないんだけどね、そういうやつ」

「おっしゃるとおりです」

増井が言った。「いい人脈ができたと喜んでいたんですが、甘かった……」

城島が話の先をうながした。

「何があったのか、話してよ」

「頼み事があると言われたんです」

「ええ。俺たちにはできないが、あんたにならできるだろうと言われました」

「どんな頼み事だ？」

「諸橋さんの弱みを握れと言われました」

「ほう……。それで？」

「俺にはそんなこと、無理だと言いました。すると、五十田は豹変《ひょうへん》しました。俺に脅しをかけてきたんです」

「どういうふうに？」

「あんたみたいな人は、簡単に事故にあって死んじまうんだ。そう言われました。言うことを聞かないと、事故を装って殺すということでしょう」

「そうだね」

「家族が不幸な目にあうこともあると言われました」

「家族は？」

「俺は独身ですが、両親が保土ケ谷《ほどがや》に住んでます」

諸橋は城島に言った。

「ジョウ、すぐに手配しろ」

「頼み事？」

「わかってる。ご両親の住所は？」

「え……？」

増井はうろたえた声を出した。「それ、どういうことです？」

諸橋は言った。

「ヤクザが家族のことに触れるときは、単なる脅しじゃない。ご両親が危険だ」

「まさか……」

城島が言った。

「ご両親のお名前、住所、連絡先を教えてくれ」

増井がそれにこたえると、城島は無線ではなく、電話を使った。

「ああ、浜崎か。至急手配してくれ。五十田が増井の両親に何かするかもしれない」

それから、こまごまとした指示を与える。城島に任せておけば安心だ。俺が口を出す必要はないと、諸橋は思った。

城島が電話を切ると、諸橋は言った。

「間に合うといいがな……」

城島がこたえた。

「浜崎たちに任せるしかない」

「五十田が姿を消したのは、俺と事を構える覚悟をしたということだろうな」

「ふん。尻に火がついたんだよ。こっちのプレッシャーに耐えきれなくなったんだ」

「そうだろうな。だが、追い詰められた獣《けもの》は危険だ」

増井はすっかりおとなしくなっている。

諸橋は言った。

「ヤクザがある役割を担っていた時代があることは、俺だって知っている」

増井は何も言わない。諸橋は言葉を続けた。

「地域の治安維持に役立っていた時代があったことは認める。港湾労働者や炭坑夫といった者たちを管理するのにも一役買っていた。興行を一手に引き受けて、人々に娯楽を提供していたのも事実だろう。そして、不良少年たちの受け皿になっていたとも言える」

「はい……」

「だが、そんなことじゃないんだ。ヤクザに泣かされている一般市民がいる。彼らは人々を恐怖のどん底に突き落とす。だから、俺は体を張ってやつらと戦う」

ややあって、増井がこたえた。

「身をもってそのことを学んだと思います」

城島が言った。

「まだまだヤクザの本当の恐ろしさを知ったとは言えないけどね。だって、あんたまだ五体満足だからね」

増井から返事はない。

諸橋は言った。

「害悪の告知があったんだな?」

「は……?」

「五十田はあんたを殺すと言ったんだろう?」

「はっきりそうは言いませんでした。それがずる賢いところですね」

「だが、あんたは殺されると思った」

「はい」

「それで充分だ」

「そうなんですか?」

「相手が一般人なら、殺意の立証はできないだろう。だが、ヤクザなら暴対法がある」

城島が言った。

「あんたが言ったとおり、ヤクザはずる賢いからね。そのための暴対法なんだよ」

そのとき、増井の携帯電話が短く振動した。

「知らない相手からメールです」

携帯電話をいじっている様子だ。「両親の写真が送られてきました」

助手席の城島が身を乗り出して、携帯電話を受け取る。

「遠くからのスナップだ。拉致《らち》されているとかじゃない」

諸橋は言った。

「浜崎たちに急ぐように言え。写真を送ってきたやつが、家の近くにいるはずだ」

城島が電話をかけた。

署に着くと、増井を連れて暴対係に戻った。誰もいない。係員たちは、保土ケ谷の増井の両親宅に向かったのだ。

城島が言った。

「さて、報告を待つしかないね」

すでに終業時間が過ぎ、日が暮れようとしている。

城島はいつものソファに腰を下ろした。増井を空いている係員の席に座らせ、諸橋も係長席に座った。

饒舌《じょうぜつ》な城島も無口だった。

そして、一時間ほど過ぎた頃、諸橋の携帯電話が振動した。浜崎からだった。

「増井さんの両親宅に侵入した男たちを確保しました。現行犯逮捕です」

「五十田組の組員か?」

「はい。間違いありません」

「名前は?」

「木田健《きだたける》と、大井幸夫《おおいゆきお》です」

二人とも知っている名前だった。

「二人の身柄を署に運んで、取り調べを始めろ」

「係長は?」

「城島といっしょに、五十田のところに行ってくる」

「居場所がわからないんじゃないですか」

「何とかする」

「応援は?」

「必要ない」

「了解しました」

電話を切ると、諸橋は、二人の組員を逮捕したことを、城島と増井に告げた。

城島が増井に言った。

「これで、ご両親のことは安心だよ」

「すいません。ご迷惑をおかけしました」

「いや、こっちが礼を言いたいくらいだよ」

「礼……？」

「これが、五十田逮捕への突破口になるかもしれない。なかなかあいつに手を出せなかったんだ」

諸橋は増井に尋ねた。

「五十田が姿をくらました。どこにいるか知らないか？」

「たぶん、なんですが……」

彼は、みなとみらいにある高級ホテルの名を言った。

諸橋は城島に言った。

「行ってみよう」

城島が立ち上がる。

増井が諸橋に言った。

「俺はどうすればいいでしょう」

「ここでおとなしくしていてくれ」

車を出し、増井が言ったホテルに向かった。

フロントで警察手帳を出し、五十田が泊まっている部屋を聞き出した。

部屋を訪ねると、ドアが開いて、ボディーガードが姿を見せた。

「どいてろ」

諸橋はそいつを押しのけて、部屋に入った。五十田がソファで寛《くつろ》いでいた。

「諸橋さん。何の用です」

「木田と大井を住居侵入罪で現行犯逮捕した。話を聞きたいので、署まで来てくれ」

あとはお決まりのやり取りだ。

「いい加減にしろよ」

切れた五十田が言った。その言葉を合図に、ボディーガードが城島に殴りかかった。

ばかなやつだ。

城島は一発殴られたが、五倍くらいにして返した。

「くそっ」

自棄《やけ》になった五十田が諸橋に殴りかかってきた。諸橋も一発殴られた。

「公務執行妨害と傷害の現行犯だ」

諸橋も城島同様に、何発かパンチを見舞っておいて、手錠をかけた。


「五十田の身柄を押さえたので、これからじっくりと余罪の追及ができる」

署に戻った諸橋は増井に言った。「あんたのお陰だ」

増井はすっかり小さくなっていた。

「俺は、暴力団の世界に詳しいつもりになっていました」

城島が尋ねた。

「マルB専門のライターの道は諦めるかい？」

「いいえ、こんな貴重な体験をしたのですから、それを活かさない手はありません」

「あきれたな。いつでも俺たちが助けられるわけじゃないよ」

「学んだことは忘れません。これからは慎重にやります」

諸橋は言った。

「用は済んだよ。帰っていい」

増井は頭を下げた。

「お世話になりました。これで失礼します」

城島が言う。

「殺されるなよ」

「はい」

彼が出ていくと、城島が言った。

「やれやれだね。この先、ひどい目にあわないといいけど」

「俺たちだって、最初から立派なマル暴刑事だったわけじゃない」

「いや、おまえは最初からばりばりだったよ。なんせ、『ハマの用心棒』だからな」

そう呼ばれるのは本当に嫌なのだが……。

そう思っているところに、浜崎たちが戻って来た。

今日くらいはみんなで一杯やっていい。係員たちを見て、諸橋はそう思っていた。

心技体

1

「ガサを手伝えって、どういうこと？」

城島が尋ねた。

諸橋はこたえた。

「人手《ひとで》が足りないんだそうだ」

「こっちだって暇なわけじゃないんだ」

「こういうときに恩を売っておくのも悪くない」

「恩を感じるような相手かね」

神奈川県警本部組織犯罪対策本部・暴力団対策課から、暴力団事務所の家宅捜索に参加するように言われた。

現場はみなとみらい署管内ではない。つまり、諸橋たちの縄張りではないということだ。係長補佐の城島は、それが不服な様子だ。

問題の事務所は、隣の戸部《とべ》警察署管内にある。坂東連合相声会傘下の相友組合《そうゆうくみあい》から暖簾《のれん》分けで新しくできた組だ。

「このご時世に、組を発足させるなんて、奇特なやつだね」

城島が言った。そのとおりだと、諸橋は思う。今どき暴力団などやっていても、たいしたうま味はない。

その昔は、男を売るだとか恰好をつけていた時代もある。景気がいい時代には、ヤクザはいい車に乗り、いい女を侍《はべ》らせていた。うまいものを食い、高い酒を飲んでいた。

いまではシノギもままならず、上納金の工面に苦しんでいる。

諸橋は、城島に言った。

「それでもヤクザになるしかないやつらがいるんだ」

城島は肩をすくめた。

家宅捜索には、みなとみらい署の暴対係が総出で参加することになっていた。とにかく、人数が必要なのだ。

事務所内をつぶさに調べることはもちろん、抵抗しようとする組員たちを牽制《けんせい》する必要がある。

今回は、県警本部の暴力団対策課、戸部署、みなとみらい署の混成部隊だ。捜査員たちは、いったん戸部署に集合してから、当該事務所に向けて出発する。

こういう場合、現地集合とはならないのだ。術科道場に集まった捜査員たちは、特に気合いが入った様子もなく、普段と変わらずにやるだけだという顔をしている。

県警本部暴力団対策課第二係の、笠原靖英《かさはらやすひで》係長が諸橋に声をかけた。

「助っ人、済まないな」

笠原は少し年下だが、同じ警部だし本部の係長なのでタメ口だ。別に諸橋も気にしていない。

「いつか借りを返してもらう」

「公務員がそういうこと言うなよ」

午前九時半過ぎに、戸部署を出発した。到着したら外で待機して、午前十時に事務所を訪ねる予定だ。

「へえ……」

現場に着くと、城島が言った。「事務所っていうから、チンケなオフィスかと思ったら、立派な会社じゃないの」

彼が言うとおり、「クニエダコーポレーション」は、近代的な企業だった。運送業や輸入業など、しっかりと堅気《かたぎ》の仕事をしている。

いわゆるフロント企業なので、県警としてはガサイレをして、しっかりと牽制をしておきたいというわけだ。

現地に着いて車を降りると、さっそく若いやつらが三人、事務所の前に姿を現した。二人はビジネスマン風だが、一人はどう見てもチンピラだ。いちおう白いワイシャツにネクタイという服装だが、品がないので素性がバレバレだ。

捜査員たちを睨《にら》みつけていたそのチンピラが、倉持忠に向かって言った。

「なんだ？　ビビってるのか？」

倉持は、見かけは少々頼りないが、優秀な諸橋の部下だ。

彼はもちろん、何も言い返さない。マル暴刑事はこういう場合、なるべく相手を挑発しないために、何もこたえないように教育される。

倉持はその原則に従っただけのはずだ。だが、いかにも気弱そうで情けなく見えるため、チンピラは図に乗っていた。

「何のためのガサだ？　こら、言ってみろよ。何だ？　口がきけねえのか？　ビビってんならとっとと帰んな」

浜崎吾郎が前に出た。胸を突き出し、ぐいっとそのチンピラを押しやった。手を使うと違法捜査だと訴えられかねない。そうなれば、せっかくのガサが無駄になる。

だから浜崎は手を使わずに相手を威圧したのだ。

「うちのモンに何か文句あるのか？」

浜崎はマルBとほとんど変わらない風貌《ふうぼう》をしている。暴力団を担当している刑事は、多かれ少なかれそんな見かけになっていくものだが、浜崎ほどはまっているやつを見たことがない。

ガタイもよく迫力満点だ。チンピラは、ふんと鼻を鳴らしてそっぽを向いた。強がっているが、怯《おび》えているのだ。

午前十時ちょうど。本部の笠原係長が戸口で令状を読み上げ、家宅捜索を開始した。

浜崎が倉持に話しているのが、諸橋にも聞こえてきた。

「あんなやつに舐《な》められてどうする」

二人は肩を並べて、オフィスの奥に進んでいく。捜査員は机の上や棚、ロッカーなどを一斉に調べはじめる。

笠原係長が諸橋に言った。

「おい、だいじょうぶなのか？」

「何の話だ？」

「おたくの若いのだよ。下っ端にすっかり舐められていたじゃないか」

「ああ、倉持のことか。見た目ほど若くないんだけどな……」

「あれで、よくマル暴がつとまるな。配置替えしてやったほうがいいかもしれないな」

「必要ない。充分やれてるよ」

「あの見かけじゃなあ……。マルBどころか、悪ガキにも舐められるんじゃないのか？」

「あいつは、あれでいいんだ」

「浜崎に叱《しか》られていたじゃないか」

「そうだったな」

「俺たちはマルBと同じだ。舐められたら終わりなんだよ。あんただってそれは、いやというほどわかっているはずだ」

「まあね……」

「なんだよ、のらりくらりと……。俺の話、ちゃんと聞いているのか？」

「聞いてる」

「なら、ちゃんとやろうぜ。倉持といったっけ？　あいつを鍛《きた》え直せよ。じゃなけりゃ、異動させてやれ」

そう言うと笠原は、諸橋から離れていった。

入れ代わるように、城島が近寄ってきた。

「倉持を鍛え直せだって？」

「聞いていたのか？」

「面白そうな話だったんでね」

「笠原なりに、俺たちのことを気にしてくれているんだ」

「余計なお世話だと思うけどね」

「おまえのおしゃべりも余計だ。ガサに来たんだ。手を動かせよ」

「何も出てきやしないよ。ガサなんて形だけなんだろう？　プレッシャーをかけておきたいだけなんだ」

諸橋は周囲を見回した。

「おい。ここでそういうことを言うな。誰が聞いているかわからない」

「聞かれたって、どうってことないさ。みんな承知の上でやってることだろう」

「いいから、仕事をしろ」

城島が言ったとおり、めぼしいものは出なかった。ガサとしては空振りだ。

戸部署で解散となり、みなとみらい署に戻る途中の車内で、城島が諸橋に言った。

「昔は、ガサかけると拳銃の一挺や二挺は出てきたもんだがな……。組の連中が手土産にロッカーなんかに置いてくれたんだ。銃刀法違反で若いのをパクる。そんな持ちつ持たれつの時代もあったな……」

諸橋はこたえた。

「ナアナアだったから、暴力団がのさばっていたんだ」

「福富町《ふくとみちょう》あたりで、不良外国人が幅《はば》をきかせるようになったのは、暴対法や排除条例でマルBが締め出されてからのことらしいぞ」

「おい。警察官がそういうことを言うな。暴対法や排除条例のおかげで、それまで手を出せなかったケースも検挙できるようになった」

「おい。きれい事言うなよ」

「きれい事なんかじゃない。俺はヤクザが嫌いだ。そして、やつらを取り締まるのが俺の仕事だ」

城島は肩をすくめた。

署に戻ると、係員たちはそれぞれが抱えている事案の捜査に出かけていった。

いつものように、係には諸橋と城島だけが残った。伝票に判押しを始めた諸橋に、城島が言った。

「久仁枝《くにえだ》のやつは、腹を立てているだろうな」

城島が言う「久仁枝」は、クニエダコーポレーションの代表取締役だ。フルネームは久仁枝進《すすむ》。三十三歳の若さで組を構えたやり手だ。

たしかに、会社に家宅捜索をかけられて頭に来ているだろう。だが、それが県警本部の方針なのだ。何かあったら、俺たちがすぐに飛んでくるぞ、という意思表示だ。

諸橋は言った。

「気をつけなければならないのは、他の組の動向だ。ガサ食らって黙っているようじゃ、周囲から舐められる。ちょっかいを出す組があるかもしれない」

「対立組織を洗い出しておかなけりゃな」

「気をつけるに越したことはない」

「わかった。浜崎たちに言っておく」

城島は思い出したように言った。「あ、それと、例の雑誌の件、どうする?」

そういえば、警察官専門の雑誌から、新年号向けの企画の話が来ていた。係から誰か一人選んで、座右の銘《めい》とか、信条とかを挙げてもらい、それについての短いコメントを掲載するのだという。

神奈川県警のすべての係から一人、選出しなければならないのだそうだ。

城島が言う。

「こういう場合は、やっぱり係長でいいんじゃないのか？」

「いや、あくまでも係員という趣旨だろう」

「じゃあ、誰がいい？　浜崎か？」

諸橋はしばらく考えてからこたえた。

「倉持にしよう」

城島は、一度眉《まゆ》をひそめてから、にっと笑った。

「ああ、それ、いいかもね」

「あいつも、もう少し顔を売っておくべきだ」

「そうだね」


その日の夕刻、倉持がペアを組んでいる八雲と外回りから戻ってきた。諸橋が呼ぶと倉持は、まるで叱られた子供のような顔で係長席にやってきた。

「何でしょう？」

諸橋は、雑誌の企画のことを話した。倉持は、困った顔で、ただ「はあ」とだけ言った。

「おまえ、何か座右の銘とかあるのか？」

「特にないんですけど……」

「信条とかは？」

「それも、特に……」

「好きな言葉とかないのか？」

「はあ……。強いていえば……」

「何だ？」

「心技体でしょうか……」

「心技体か。悪くないな。どうしてその言葉が好きなのか、コメントが必要だ。まとめておいてくれ」

「わかりました」

そこに浜崎と彼の相棒の日下部が戻って来た。

浜崎が言った。

「多嘉井《たかい》組の動きが、ちょっときな臭いんですが……」

係長席の脇にあるソファの城島が言った。

「多嘉井組……？　羽田野組の枝だな？」

羽田野組は、関西系だ。坂東連合相声会とは対立関係にある。

「そうです。組長は多嘉井昌平《しょうへい》」

「久仁枝組絡みか？」

「ええ。若い衆が、あっちこっちで挑発しているみたいです」

「挑発……？」

「久仁枝は男じゃない、弱虫だ、とか言って笑い者にしているらしいです」

「反応を見ているんだろうな」

「ええ。久仁枝組の連中も、黙っちゃいないでしょうね。暖簾分けしたばかりで、彼らは新参者だ。舐められたままじゃ、この先やっていけません」

城島が諸橋に言った。

「久仁枝は、フロント企業で手堅く稼《かせ》ぐ経済ヤクザだ。簡単に挑発に乗るほどばかじゃないとは思うが……」

諸橋はこたえた。

「上の思惑を、下の者が理解しているとは限らない」

「ガサのときに、倉持に絡んだばかがいたな……」

諸橋はうなずいた。

「ああいうやつらが、いつも面倒事を起こすんだ」

城島が浜崎に言った。

「しばらく、眼を離すな」

「どっちの組のことですか？」

「両方だ」

「わかりました」

諸橋は、机上の電話の受話器を取って、県警本部の笠原係長にかけた。

「はあい、笠原」

間延びしたような声が聞こえてくる。

「諸橋だ」

「おう、どうした？」

諸橋は、今、城島や浜崎と話し合ったことを伝えた。

話を聞き終えた笠原係長が言った。

「そいつは放っておけないな」

「こっちは係員全員で警戒に当たる」

「戸部署にも連絡しておく。いやあ、おたくら、よく働くねえ」

「俺たちを働かしておいて、本部は知らんぷりか？」

「もちろん、本部からも人を出すよ。連絡を絶やさないようにしよう」

「わかった」

諸橋は受話器を置いた。


その翌々日の朝のことだ。浜崎が係長席にやってきて告げた。

「加納悟《かのうさとる》がやっちまったようです」

「加納悟？　誰だそれは」

「ガサのときに、倉持に絡んだやつ、覚えてますよね」

「あいつか。やっちまったと言うのは？」

「多嘉井組の若いのを、ボコっちまったんです。ずっとばかにされていたんで、ついにこらえきれなくなったんですね」

二人の話を聞いていた城島が言った。

「そいつは、多嘉井組の思う壺《つぼ》じゃないか」

諸橋はこたえた。

「そうだな」

浜崎が言った。

「それで、今、多嘉井組の事務所に張り付いていますが……」

諸橋は尋ねた。

「何人だ？」

「倉持、八雲、日下部の三人です」

「うちの者だけじゃないか。戸部署や本部の連中はどうした？」

「姿が見えませんが……」

城島が肩をすくめて言った。

「まあ、やつらも朝っぱらから騒ぎを起こすようなことはないだろうけどな……」

諸橋は、浜崎に言った。

「おまえも、三人と合流してくれ」

「わかりました」

「戸部署か本部から応援を寄こすように言うから、それまで待っていてくれ」

「了解です」

浜崎がすぐに出ていった。

城島が言った。

「さて、俺たちはどうする？」

諸橋は、受話器を取った。再び、県警本部の笠原係長にかけると外出していると言う。携帯電話にかけ直した。

「どうした？」

「久仁枝組のチンピラが、多嘉井組の若いのに手を出したのを知っているか？」

「ああ。だから今、クニエダコーポレーションに来てるんだ」

「戸部署の連中もいっしょか？」

「そうだよ。戸部署管内だからな」

「問題なのは、手を出したほうじゃない。やられたほうだ。うちの係員が多嘉井組に張り付いている。応援が必要だ」

「何言ってるんだ。手を出したほうが問題に決まってるじゃないか。傷害罪だぞ」

「傷害で加納悟を挙げるってことか？」

「断固とした姿勢を見せないとな」

「そんなことをしても、時間の無駄だ。証拠不充分とかで不起訴になるだけだ」

「被害者から証言を取ればいい」

「対抗組織のチンピラにやられたなんて、面子《メンツ》があるから証言しないだろう」

「それでも、こっちには暴対法がある」

「そんなことより、多嘉井組を牽制すべきだ。やつら、必ず報復する」

「そっちは、あんたらに任せるよ」

「報復は口実だ。多嘉井組は、これを機に久仁枝組に対して本格的に攻勢に出たいんだ」

「大げさだな。たかがチンピラの小競り合いだろう」

「いや、多嘉井組とその背後にいる羽田野組は、虎視眈々《こしたんたん》とチャンスを狙《ねら》っているんだ」

「どうしろって言うんだ」

「応援がほしいと言ってるだろう」

笠原の溜《た》め息《いき》が聞こえた。

「わかった。本部から二人、そっちにやろう」

二人じゃ足りない。そう言おうとしたが、やめておいた。向こうも人手が足りていないのだろうと、諸橋は思った。

「頼む」

そう言って、電話を切った。それから、城島に言った。

「応援は二人だけのようだ。俺たちも、多嘉井組の事務所に向かおう」

城島は、お気に入りのソファから立ち上がった。

2

クニエダコーポレーションとは対照的で、多嘉井組の事務所は、地味な雑居ビルの一階だった。

看板こそ出していないが、怪しげな雰囲気が漂っている。出入り口には特別あつらえの鉄製の扉があった。

その前に、四人の係員がいて、構成員らしい若い三人組と睨《にら》み合っていた。

浜崎と日下部が前に出ている。この二人はイケイケだ。マルBを見ると、いつも臨戦態勢だ。

倉持と八雲は一歩引いている。特に倉持は、今にも逃げ出しそうに見える。

城島とともに諸橋が近づいていくと、倉持はほっとしたような表情になった。

諸橋は、彼に尋ねた。

「どんな具合だ？」

「特に動きはないんですが、若い連中はやっぱり殺気《さっき》立ってますね」

「そうだろうな」

一人の若者が、浜崎に食ってかかっている。その声が聞こえてきた。

「だから、何の用だって訊《き》いてんだよ」

浜崎がそれにこたえる。

「別に用はない」

「だったら、このへんをうろちょろすんじゃねえよ」

「天下の公道だ。どこにいようが俺たちの勝手だろう」

「てめえ、ふざけてんじゃねえぞ」

その若者は、目の周りが黒くなっている。顔面を殴られると、必ず目の周囲が鬱血《うっけつ》する。頬を打たれようが、額を打たれようが同様に青タンになるのだ。

おそらく、加納にやられたのはこいつだろうと、諸橋は思った。吠《ほ》えたくなる気持ちはわかる。

したたか殴られた上に、警察に監視されたのでは、腹の虫が治まらないだろう。

そいつはさかんにわめき散らすが、浜崎はのらりくらりと言葉を返している。その態度にまた、若者は怒りを募らせている様子だ。浜崎はわざとやっているのだ。

あまり挑発するな。諸橋がそう言おうと思ったとき、鉄の扉が開いて、男が一人出てきた。

黒いスーツにノーネクタイ。それなりに貫目《かんめ》のあるやつだ。城島が言った。

「カシラの佐田昌夫《さたまさお》だ」

「ああ、知っている」

カシラは若頭のことだ。関西系なので、ナンバーツーをそう呼ぶ。関東の組なら代貸だ。

佐田がいきり立つ若い衆に言った。

「なに騒いでるんだ」

「あ、カシラ……。警察《ヒネ》の野郎が……」

とたんに佐田が怒鳴り声を上げた。

「ばかやろう。日頃お世話になっている旦那がたになんてことを言うんだ」

若い衆は、驚きの表情で口をぱくぱくさせている。

佐田が浜崎に言う。

「すいません。とんだ礼儀知らずで……。よく言い聞かせておきますんで」

それから彼は、諸橋に気づいて近づいてきた。

「これは、諸橋係長。ご苦労さまです」

「若いのが、とんだ目にあったようで、気の毒なことだ」

「おや、何のことでしょう」

シラを切るつもりだ。

「とにかく、若いのを押さえておけ。仕返しなどというふざけた真似は、俺が許さない」

「さあて……。おっしゃっていることが、よくわかりません」

「わからなくてもいいから、俺の言うことをちゃんと聞いておけ」

「はい、それはもちろんです。じゃあ、これで失礼しますよ」

佐田は、三人の若い衆を連れて事務所の中に消えた。鉄の扉がしっかりと閉ざされた。

そのとき、笠原係長が一人の部下を伴って現れた。

「何だ、今のは」

諸橋はこたえた。

「若頭がシラを切るのは、何か企ててるってことだろう」

「何かって、何だ？」

「報復を名目に、久仁枝組に攻撃を仕掛けようってことだろう」

「久仁枝組だって、相声会を背負ってるんだ。簡単には屈しないだろう」

城島が二人の会話に割って入った。

「抗争直前で手打ちに持ち込めれば、多嘉井組としては御の字なんですよ」

笠原係長が尋ねる。

「それはどういうことだ、城島」

「手打ちというからには、双方、ある程度は譲歩しなけりゃなりません。多嘉井組は条件闘争に持ち込みたいんです」

「なるほど……」

「どう見たって、久仁枝組のほうが景気がいい。多嘉井組は、一つでも二つでも利権を奪いたいんですよ」

「チンピラ同士の揉《も》め事だと思っていたら、上のほうでそんな思惑があったわけか」

諸橋は言った。

「どんなチンピラだって、ゲソをつけたからには、看板を背負ってるんだ。揉め事を起こしたら、ただでは済まない」

笠原係長がふんと鼻で笑った。

「ヤクザってのは難儀《なんぎ》なもんだな」

「そう。難儀なんだ」

「それで、これからどうする？」

「本部の応援を入れて総勢八人になった。四人ずつの二組に分けて、交代で監視を続けよう」

「わかった。諸橋係長が班分けをやってくれ」

「了解だ」

城島が言った。

「今夜あたりが、山じゃないかという気がするな……」

城島の読みは当たった。

夜の十時過ぎのことだ。多嘉井組の事務所のドアが開いたと思うと、四人の若い衆が出てきた。ものものしい雰囲気だ。

諸橋、笠原係長、倉持、八雲の四人で班を組んでいた。諸橋は、倉持に言った。

「やつらを追え。見失うな」

「はい」

倉持と八雲は、四人の後をつけていった。諸橋は、みなとみらい署で待機している城島に電話をした。

「動きがあった。若いのが四人、剣呑《けんのん》な顔で出かけていった」

「行き先は？」

「倉持と八雲が追っている。連絡があるはずだ。俺と笠原係長は、もう少し事務所の様子を監視している」

「わかった。取りあえず、浜崎たちとそちらに向かう」

「了解」

電話を切るとすぐに、着信があった。

倉持だった。

「どうした？」

「四人が向かったのは、馬車道《ばしゃみち》です。そこに、久仁枝組の、加納ら三人組がいました」

「加納たちがいるという知らせを受けて、四人はそこに向かったんだな」

「そのようです」

「俺たちも、そっちに向かう」

「了解しました」

電話が切れた。

諸橋は、すぐに城島に電話して、事情を説明した。

城島が言った。

「まあ、倉持なら安心だろうけどね」

「そうだな」

電話を切ると、諸橋は笠原係長に言った。

「馬車道に向かう。若いのが睨み合っているらしい」

「事務所のほうはいいのか？」

「やつらの喧嘩《けんか》を未然に防がなきゃならない。最優先だ」

「誰がいるんだ？」

「倉持と八雲だけだ」

笠原係長が大げさに溜め息をついた。

「そりゃ、心配だな」

馬車道の歩道で、二つのグループが対峙《たいじ》していた。多嘉井組の四人の中の一人は、目の周りを黒くしているやつだ。

この四人はガタイがいい。少なくとも、そのうちの二人は格闘技をやっていそうな体格をしていた。

一方の久仁枝組の三人は、いかにも負けん気が強そうだが、体格はぱっとしない。人数からしても不利だ。

おそらく、一方的な喧嘩になるだろう。久仁枝組の三人はボロボロにやられる。すると、またその報復がある。今回は素手でも、次回は何か得物《えもの》を持ち出すかもしれない。

戦いはエスカレートするものだ。

まだ、城島や浜崎たちは到着していない。倉持と八雲が、睨み合いを見つめている。

諸橋は、笠原係長とともに彼らに近づいた。

「いつから睨み合ってるんだ？」

「あ、係長」

倉持が言った。「五分ほど前からですね」

笠原が言った。

「七人が入り乱れて喧嘩を始めたら止められないぞ。俺は、そういうことにはあまり役に立たない。この中で実力行使ができそうなのは、諸橋係長くらいなものだ」

諸橋は言った。

「喧嘩が始まってからじゃ遅い。その前に何とかしないと……」

「警察手帳を掲げて、解散させるか」

「多嘉井組は引かないでしょうね。ただの報復じゃなくて、上の者から手を出すように命令されているでしょうから……」

「咬吶の応酬が始まっている。じきにどちらかが手を出す。待ったなしだ。

諸橋は言った。

「しょうがない。倉持、行ってこい」

笠原が目を丸くした。

「何だって？　倉持に行かせるのか」

「そうだ」

「どうして、選りに選って倉持なんだ？」

諸橋はそれにはこたえず、倉持に言った。

「喧嘩を未然に防ぐ。いいな」

「わ、わかりました」

いかにも気弱そうな顔と声音で、倉持はこたえた。そのまま、二つのグループが対峙する場所へ、すたすたと歩いていく。

笠原が言った。

「たった一人で……。あいつ、殺されるぞ。城島たちが来るのを待ったほうがいいんじゃないのか？」

「それじゃ間に合わない」

「せめて、俺たちも加勢しないと……」

「出る幕がないんだ」

「あ……？」

笠原が怪訝《けげん》そうな顔で諸橋の顔を見た。「それ、どういうことだ？」

「まあ、見てろ」

笠原が、眼を倉持のほうに転じた瞬間だった。多嘉井組の一人が宙に舞った。格闘技をやってそうなやつだ。その体は空中でくるりと円を描いて、レンガ風のブロックを敷きつめた歩道に叩きつけられた。

対峙していた残りの六人が、何が起きたのかわからず、地面に倒れた男をぽかんと見ている。

彼らと同様に、何が起きたかわからない様子の笠原係長が、小さな声で「えっ」と言った。

倉持は、両グループの間に平然と歩み出る。

「てめえ、邪魔だ」

そうわめきながら、久仁枝組の一人が、倉持の胸を押しやろうとした。倉持は、相手の手をよけると、そのまま前に出て入り身になった。

次の瞬間、その男の体も宙に弧を描いていた。したたか歩道に叩きつけられる。

倉持が言った。

「えーと。すぐに解散してください。でないと、ちょっと痛い思いをします」

「ふざけるな」

多嘉井組の一人が、倉持につかみかかる。柔道をやっていそうだ。倉持は襟首と右腕をつかまれた瞬間に、また入り身になり、体を反転させた。

それだけで、多嘉井組の男は投げられていた。地面に転がり、苦痛にもがいている。

畳や板の間とは違う。固い歩道に投げられるだけで大きなダメージがあるのだ。転ぶだけで骨折することがある。

だが、倉持の場合、投げ方がうまいので、相手は大怪我をしないはずだと、諸橋は思った。

次は久仁枝組だ。

「やろう。ぶっ殺してやる」

彼は、いきなり殴りかかった。やはり、素人《しろうと》のパンチではない。拳が見えないくらいの速さで顔面に飛ぶ。

倉持は、それをかわしながら一歩前に出た。右手で相手の顎《あご》を突き上げていた。見事なカウンターのタイミングだったので、相手は仰向《あおむ》けにひっくり返った。

残るは三人。多嘉井組の目の周りを黒くしている男と、その仲間。そして、加納だ。

そのとき、城島たちが駆けつけた。腕に覚えのある浜崎や日下部がいっしょだ。

多嘉井組の目の周りが黒い男が言った。

「このままじゃ済まさねえからな」

それは、加納に言った言葉のようだ。

加納がこたえる。

「それは、こっちの台詞《せりふ》だ」

倒れていた連中も起き上がり、それぞれのグループは反対方向に散っていった。

唖然《あぜん》とした表情だった笠原係長が言った。

「何が起きたんだ？　どういうことだ？」

諸橋は言った。

「倉持は、秘密兵器なんだ」

「秘密兵器？」

「そう。大東流合気柔術の達人なんだよ」

「たまげたな……。まったくそんなふうには見えない……」

「だから、秘密兵器なんだよ」

城島がやってきて、言った。

「念のため、しばらく両方の組事務所の様子を見ていたほうがいいね」

笠原係長が、夢から覚めたような顔で言った。

「多嘉井組のほうを頼む。久仁枝組は、戸部署に頼もう」

諸橋はうなずいて、部下たちに言った。

「多嘉井組の事務所だ。行くぞ」

その後、どちらの組も目立った動きはなかった。双方、出鼻をくじかれた恰好になったので、手を出せなくなったのだろうと、諸橋は思った。きっかけを失ってしまったのだ。

何にしても、倉持の手柄だ。

大立ち回りの翌朝、諸橋は、倉持を係長席に呼んだ。いつものように、脇のソファには城島がいた。

倉持は相変わらず、叱られるのを恐れているような顔でやってきた。

「何でしょう、係長」

諸橋はこたえた。

「雑誌の取材の件だ。座右の銘は、心技体でいいんだな?」

「あの……。本当に自分でいいんですか?」

「俺が決めたことだ」

「あ、すいません。わかりました」

「その座右の銘について、コメントすることになっているのは言ったよな。よかったら、どうして心技体なのか、俺にも聞かせてくれ」

倉持は、困ったような表情になって、城島を見た。もしかしたら、助けを求めたのかもしれない。

城島が言った。

「俺も聞きたいね。心技体ってのは、相撲《すもう》や武道でよく使われる言葉だよね。つまり、精神、技術、身体。この三つがすべて充実していることが大切だという……」

「はい……」

倉持は、ようやく話しはじめた。

「自分は、子供の頃から弱虫でした。運動が苦手で、体も丈夫じゃありませんでした。よく友達にいじめられて泣いていたんです」

諸橋は言った。

「いじめるようなやつは、友達とは言わない」

「あ、つまり自分はそれだけ情けない子供だったということです。中学に入った頃、自分は、心技体という言葉を初めて知りました。最初は、こう思ったんです。自分は気が弱いし、体も弱い。心技体の心と体が最初から欠けていたんです。だから、自分とは縁《えん》のない言葉だと……」

「だが、おまえはそのままでは終わらなかった」

「自分とは縁のない言葉だと思いながら、どこかずっと気になっていたんです。そして、あるとき気づいたんです。どれか一つを伸ばせば、あとの二つを補えるんじゃないかって……」

「なるほど……」

「そして、自分は技を選びました。中学校のときに、大東流を習いはじめたんです。自分は徹底的に技を習得することにこだわりました。気が弱いままでもいい、他の門弟より体力がなくてもいい。とにかく、自分のために技を身につけよう……。そして、年月が過ぎ、あるとき、体力に自信がついていることに気づいたのです。技を学ぼうとして夢中で稽古《けいこ》しているうちに、いつの間にか体が丈夫になっていたんです。相変わらず、気は弱いままですが、技でそれを補えると思っています」

城島が言った。

「充分に補っているよ」

倉持の言葉が続いた。

「心技体は、すべてを充実させる必要などない。どれか一つを選んで伸ばせば、他の二つのレベルも上がる。自分は勝手にそう解釈しているんです」

諸橋はうなずいた。

「いい話だ。それを雑誌の編集者にそのまま話せばいい」

「はい」

その三日後のことだ。笠原係長から電話があった。

「済まんが、また手を貸してくれ」

「ガサか?」

「ああ……。捕り物になると思うんだが……」

「こっちも手一杯なんだよ」

「一人でいいんだ」

「一人……?」

「そう、おたくの秘密兵器だよ」

すっかり気に入られたようだ。

「秘密兵器だぞ。そう簡単には貸せない」

「頼むよ。恩に着る」

「しょうがないな」

諸橋は電話を切ると、倉持に言った。

「おい、ご指名だ。県警本部に行ってこい」

倉持が、頼りなさそうな顔で立ち上がった。

解説

関口苑生

本書『大義』は、『逆風の街』『禁断』『防波堤』『臥龍』『スクエア』に続く、《横浜みなとみらい署暴対係》シリーズの第六弾である（単行本は他に七作目の『トランパー』がある）。主人公は〝ハマの用心棒〟の異名をとる諸橋夏男警部。みなとみらい署刑事課暴力団対策係の係長である。年齢は四十五歳。本来なら所轄の課長になる階級なのだが、降格人事を食らって県警本部からやってきたのだった。

諸橋の暴力団嫌いは筋金入りだ。飲食店を営《いとな》んでいた彼の両親は、ミカジメ料を断ったがために、ヤクザの嫌がらせに遭《あ》い、結局店は潰《つぶ》れ、母は自殺、父親はその組事務所に包丁を持って乗り込み、射殺された。それだけにヤクザ相手となると、警察官となってからもわれを忘れて暴走し、過剰な行動をとることもしばしばあった。その結果、降格人事を食らっての現在がある。とばっちりを受けたのが同い年の城島勇一警部補で、他の署ではあまり聞かれない係長補佐という役職に甘んじている。だが、本人はまったく気にした様子はない。責任を負わせられることもないし、面倒な書類仕事もせずに済む。そもそもがラテン系の気質で、おまけに諸橋とは初任科の同期でもあり、腐れ縁の関係と割り切っているからだ。

あとのメンバーは、短髪のパンチパーマにダークスーツ、襟を広げたシャツの胸元からは金色のネックレス、左手首にはロレックスが垣間《かいま》見え、と見るからにマル暴という風貌をしている四十歳のベテラン部長刑事・浜崎吾郎（もっとも、ネックレスとロレックスは香港で買った偽物だが）。

三十六歳の倉持忠は浜崎と同じ巡査部長だが、童顔で生まれつき骨格が華奢《きゃしゃ》なせいか、実年齢より若く見られ頼りなさげだ。実際にチンピラに舐《な》められることもしょっちゅうだった。しかし彼は逮捕術にかけては署でナンバーワンの実力を持っている。諸橋は倉持のことを秘密兵器と称しているほどだ。

八雲立夫巡査長は倉持の一つ年下で、こちらもマル暴にはおよそ見えない。それでも暴対係での彼の役割は大きい。パソコンマニアで、係のIT作業を一手に引き受けているのだ。昨今はインテリヤクザが増え、パソコンやインターネットを使った詐欺事件などが急増して、これらに強い人材が重宝されているからだ。おそろしくマイペースで合理主義的な人間だが、本人はマル暴の仕事を結構気に入っている。

浜崎とコンビを組む直情型の日下部亮巡査は、刑事に成り立ての二十九歳。係の中では一番の若手だ。諸先輩の言うことを聞くし、フットワークも悪くない。また応援部出身で血の気が多く、浜崎は常に手綱を引きながら、マル暴のイロハを教えている。

本シリーズはこれら六名によるチーム諸橋のメンバーに加えて、何かとやり過ぎの嫌いがある諸橋をマークし、普段から目をつけている県警本部警務部監察官室の笹本康平警視。常盤町のとっつぁんこと神風会組長・神野義治とただひとりの組員・岩倉真吾が準レギュラーとして脇を固め、彩りを添え、物語に厚みを持たせている。

私見だが、長く続く良質のシリーズ作品には必ず見られる特徴がある。その中でも最も強く感じるのは、巻を重ねるごとにキャラクターが成長していくことだ。それは何も主人公だけに限ったことではない。脇役たちも同時に成長し、存在感が高まっていくと、ストーリーにも自然と厚みが増してくるのだった。とはいえ、長篇では脇役ひとりひとりにスポットライトを当てて丁寧に描くことは意外に難しい。事件の謎解きやカラクリ、背後にある複雑な人間関係などメインの物語を描いていくだけでも忙しくなる。ところが短篇なら、これが容易に出来てしまうのだった。しかも短篇は長篇と違って、あえて「起承転結」で物語を組み立てる必要もない。時として「転結」や「承結」のみで十分に面白さは伝わるのだ。もちろん、それには高度な技術が要求される。枚数に制限があるため、無駄な描写を削《そ》ぎ落とし、切れのある、冗長にならない文章を書き上げなければならないからだ。そうすることで、長篇では描ききれなかった人物の意外な一面や、性格、人となり、現在にいたるまでのエピソードなどが手厚く描かれ、より一層物語の面白さと愉《たの》しさが生まれるのだった。

本書はその意味ではシリーズの中でも重要なスピンオフ短篇集と言えるだろう。同様の短篇集『防波堤』は主に諸橋の視点で描かれていたが、今回は脇役たちの視点が中心となっており、彼らへの理解がさらに深まっていくのを感じることができる。

収録作は七篇。常盤町のとっつぁんのタマを狙っているヤクザがいるとの情報が入る「タマ取り」。ヤクザを必要以上に叩《たた》きのめしたとして諸橋と城島が拘束され謹慎《きんしん》となったあと、現場を目撃した倉持の行動、心情を描いた「謹慎」。倉持は「心技体」でも主役を務め、柔術の稽古によって今の自分が形成されたことを思い出す。「やせ我慢」は、現在でこそマルBと変わらぬ恰好をしている浜崎が、どうしてこんな風になったかを日下部に語る一篇。笹本からスパイになれと示唆された八雲の立場と思いを描いた「内通」など、短いながらいずれも強烈な印象を残す逸品揃いの短篇集だ。

二〇二三年十二月

この作品は2021年3月徳間書店より刊行されました。
なお、本作品はフィクションであり実在の個人・団体などとは一切関係がありません。

徳間文庫

大《たい》義《ぎ》

横浜みなとみらい署暴対係

2024年1月15日　初刷

著者　今《こん》野《の》敏《びん》
発行者　小宮英行
発行所　株式会社徳間書店
東京都品川区上大崎三-一-一
目黒セントラルスクエア　〒141-8202
電話　編集〇三(五四〇三)四三四九
　　　販売〇四九(二九三)五五二一
振替　〇〇一四〇-〇-四四三九二
印刷
製本　大日本印刷株式会社

ISBN978-4-19-894914-3　(乱丁、落丁本はおお取りかえいたします)